From Interest to Taste

以文藝入魂

大塚茱麗《天皇蒙塵》獲得之佳評

「優異之作……大塚巧妙地描寫出一個突然變得陌生的世界……她反覆如咒語而不帶感情的文筆是本書最大的優點。」

——《紐約客》

「精簡、尖銳……本書的氛圍貼近主要人物的情緒狀態：表面鎮定，底下波濤洶湧。」

——《波士頓環球報》

「適時地為動盪時代的集體歇斯底里現象做了一次審視……大塚以平實的筆觸，結合了引人關注的事實與悲痛的情緒。」

——《奧勒岡人報》

「行文冷練精準，令人無法不相信大塚告訴我們的故事，也無法不清楚看見她希望我們看見的一切……本書難能可貴，也是你所能學到最生動的其中一堂歷史課。」

——《今日美國報》

「《天皇蒙塵》就事論事的描述手法卓越，主要人物及文筆拿捏得宜表現突出；小說內容談的是忠誠、身分認同，以及巨變時代在美國身為『他者』的境遇。」

——英格蘭德（Nathan Englander），《為了弭除難以承受的衝動》（*For the Relief of Unbearable Urges*）作者

「極度才華洋溢……這個故事會令你倒抽一口氣……無疑是談論日本人集中營的書籍中，非常有力且令人難忘的一本……大塚的文筆相當成熟，令人讚嘆。」

——《布隆伯利書評》

「小說的聲腔如呢喃低語……一部細膩的出道作品……有力、精練、清晰。」

——《歐普拉雜誌》

「具有優美的詩意，卻完全不濫情。」

——《聖彼得堡時報》

「她的文字毫不踉蹌，同時擅長描繪可怕的宿命與偶然的美好事物。她描述戰爭中默默無聞的被監禁者在各種前線搏鬥，他們的敵人往往是鄰居與朋友。只要讀幾頁，你就會同情他們的遭遇，但是等到讀完這部優秀的出道作品，你會認知到他們的掙扎也向來是你的掙扎。」

——懷特黑德（Colson Whitehead），《地下鐵道》（*The Underground Railroad*）作者

「令人心碎……極度清晰的描述。」

——《西雅圖郵訊報》

天皇蒙塵

When the Emperor *was* Divine

大塚茱麗 著
向淑容 譯

Julie Otsuka

僅以此書獻給我的父母，
並紀念野坂豐子（Toyoko H. Nozaka）。

謝辭

感謝妮可．阿拉吉（Nicole Aragi）的耐心等待及

喬登．帕夫林（Jordan Pavlin）的編輯見解與關懷。

此外也感謝

莫琳．霍華德（Maureen Howard）先前的鼓勵與支持。

目次

第十九號撤離令 013
火車 039
天皇蒙塵 071
陌生人的後院 147
自白 189

專題

這裡人人皆平等／陳昭如　臺大法律學系特聘教授 197
見證的詩意——如何書寫集中營／莊瑞琳 218
讓時間慢下來——訪談大塚茱麗 225

圖片

日裔美國人集中營的歷史照片與背景說明

第十九號撤離令

Evacuation Order No. 19

那張告示一夜之間出現。在布告欄上、樹上、公車候車處的長椅背上。它掛在沃爾沃斯百貨公司的櫥窗裡。它掛在基督教青年會館的入口旁。它被釘在地方法院的門上，也被釘在視線高度，在大學大道沿途的每一根電線桿上。女人正要去圖書館還書時，看見郵局櫥窗中的告示。那是一九四二年在柏克萊的一個晴朗春日，戴上新眼鏡的她幾週來頭一次能把一切看得清清楚楚。她不再需要瞇著眼看，但還是出於習慣瞇起了眼睛。她把告示從頭到尾看過一遍，仍舊瞇著眼睛，拿出一支筆，又把告示從頭到尾再看了一遍。印在告示上的字又小又黑。有些字小得不能再小了。她在一張銀行收據背面寫下一些字，接著轉身回家，開始打包。

圖書館的逾期通知九天後寄到家時，她還沒有完成打包。孩子們剛剛才出門上學，箱子和行李箱四散在屋裡的地板上。她把信封隨手扔進離她最近的行李箱，然後走出家門。

外頭陽光和煦，棕櫚樹葉慵懶地輕碰著房子側邊，發出啪嗒啪嗒的聲音。她戴上白色絲質手套，開始在艾士比大道上往東走。她穿過加利福尼亞街，在朗佛德藥妝店買了幾塊麗仕香皂和一大罐面霜。她行經二手商店與被人釘上木板封住的雜貨店，但是在人行道上都沒有看到認識的人。在樹林街轉角的書報攤，她買了一份《柏克萊新聞報》。她快速瀏覽過頭版新聞。滇緬公路中斷了；狄翁五胞胎姊妹的其中一個——怡芳——動完耳部手術，仍在恢復當中。砂糖配給將於週二開始實施。她將報紙對半摺起，但是摺得小心翼翼，以免油墨弄髒手套。

她在朗迪五金行停下腳步，看著櫥窗裡展示的勝利菜園[1]專用鏟子。那些鏟子作工精良，金屬製的鏟柄十分堅固；有那麼一刻，她打算買一把——價錢很好，她不想錯過撿便宜的機會。然後她想起自己家裡的工具間已經有一把鏟子了。其實有兩把。她不需要第三把。她撫平身上的洋裝，走進店裡。

「眼鏡很好看，」喬・朗迪在她走進門那一刻說道。

「真的嗎？」她問。「我還戴不習慣。」她拿起一把鐵鎚，緊緊握住手柄。「有沒有比這把更大的？」她問道。喬．朗迪說她手裡拿的那把已經是店裡最大的鐵鎚了。她把鐵槌放回架上。

「妳家屋頂還可以嗎？」他問她。

「我覺得屋頂板腐爛了。最近又裂了一條縫。」

「今年雨下得很多。」

女人點點頭。「但也是有一些天氣好的日子。」她經過百葉窗與遮光窗簾區，走到五金行後方。她挑了兩捲膠帶和一球細繩，並將它們拿回收銀臺。「每次下雨，我都得擺出水桶，」她說。她把兩枚二十五美分硬幣放在櫃檯上。

「用水桶很好啊，」喬．朗迪說。他把硬幣推過櫃檯退回給她，但並沒有看她。

「妳以後再付錢給我就好了，」他說。然後他開始用抹布擦拭櫃檯側邊。那裡有一塊深色汙漬，怎麼擦都擦不掉。

「我現在就可以付你錢，」女人說。

「不要緊的，」喬・朗迪說。他把手伸進上衣口袋，拿出兩顆用金箔紙包起來的焦糖牛奶糖給她。「給孩子們吃，」他說。她將糖果放進手提包，但把錢留在櫃檯上。她謝謝他給的糖果後，便走出五金行。

「那件紅洋裝很漂亮，」他從後方大聲說道。

她轉過身，從眼鏡上方瞇著眼看他。「謝謝，」她說。「謝謝你，喬。」接著門在她後方砰一聲地關上，她獨自一人站在人行道，意識到自己光顧喬・朗迪的店那麼多年，卻從未用他的名字稱呼過他。喬。她覺得這樣叫他聽起來很怪。近乎不恰當。但她叫出口了。她叫得很響亮。她好希望自己早就這麼做了。

她用手帕擦了擦額頭。太陽很大，她不喜歡在別人面前流汗。她摘下眼鏡，過街到有陰影的那一側。在夏塔克大道轉角，她搭上開往鬧區的電車。她在契崔治街下車，走進辛克百貨賣場，並且詢問銷售員是否有賣行李袋，但是他們沒有，行李袋都賣光了。他在半小時前賣出了最後一個。他建議她去潘尼百貨看看，但那裡的行李袋也賣光了。全城的行李袋都銷售一空。

女人回到家後脫下紅洋裝，換上褪色的藍洋裝——她的家居服。她把頭髮挽成髻，再穿上一雙舒服的舊鞋。她得完成打包才行。她捲起客廳裡的亞洲風格地毯。她拿下所有鏡子。她拆下窗簾和百葉窗。她把小盆栽搬到院子裡，放在屋簷下方的草地上，這樣就不會被太多陰影遮住，也不會曬到太多陽光，而是兩者都剛剛好。她把維克托拉發條唱機和西敏報時鐘拿到地下室。

在樓上的男孩房間裡，她把釘在牆上的「一個世界，一場戰爭」地圖[2]拆下，並且沿著摺痕整齊摺好。她把男孩的郵票收藏和戴著長頭飾的彩繪印第安人木偶包好；那個木偶是男孩在沙加緬度的州博覽會贏來的。她從男孩床下搬出《拳王喬·帕洛卡》漫畫。她把抽屜櫃清空。她留下一些衣服——男孩會穿到的那些——讓他自己收進行李箱。她把男孩的棒球手套放在枕頭上。男孩的其餘物品都被她裝箱，搬進日光室。

女孩的房門關著。門把上方有張紙條，前一天還不在那裡。紙條上寫著「勿擾」。女人沒有開門。她走下樓，拿掉牆上的畫。一共只有三幅：掛在飯廳的伊莉莎白公主畫像、玄關的耶穌像，還有廚房裡那幅裱框的米勒〈拾穗〉複製畫。她把耶穌和小公主正面朝下，放進一個箱子。她確認耶穌放在上面。她把〈拾穗〉從畫框中取出，最後一次端詳那幅畫。她納悶自己為何讓它在廚房裡掛了這麼久。那些農夫一直在無盡的麥田中彎著腰的樣子令她很困惑。「抬起頭，」她很想這樣對他們說。「抬頭，抬頭！」她決定要把〈拾穗〉丟掉。她把那幅畫跟垃圾一起放在屋外。

她把客廳櫃子上所有的書都清掉了，只剩下奧杜邦的《美國鳥類圖鑑》。她把廚房的櫥櫃清空。她把幾件物品留在一旁，當天晚上要用。其餘的一切——瓷器、水晶、她母親十五年前在她結婚那天從鹿兒島寄給她的象牙筷組——都被她裝進箱子裡。她用從朗迪五金行買來的膠帶封好箱子，再將它們逐一搬到樓上的日光室。

搬完後，她用兩個掛鎖把日光室的門鎖上，坐在樓梯間，裙擺拉到膝蓋上方，然後點了一根菸。明天她和孩子們就要離開了。她不知道他們要去哪裡、會離開多久，也不知道他們不在時會有誰來住他們的房子。她只知道他們明天必須走。

他們可以帶一些物品：床單和被單、叉子、湯匙、盤子、碗、杯子、衣物。她在銀行收據背面寫下的就是這些。不准帶寵物。告示上是那樣說的。

當時是四月下旬。是戰爭爆發第五個月的第四週，而這個有時不會照章行事的女人，這次遵守了規定。她把貓送給隔壁的葛瑞爾一家。她把從秋天就在院子裡亂跑的那隻雞抓起來，用掃帚柄壓住牠的脖子，然後扭斷。她拔去雞毛，把死掉的雞放進水槽的一盆冷水中。

剛過中午不久，她的手帕已經溼透。她喘著氣，鼻子因吸入灰塵而發癢。她的背很痛。她脫下鞋子，按摩拇趾外翻的部位，然後走進廚房，打開收音機。卡羅素又在唱那首〈善變的女人〉了。他的歌聲既圓潤又甜美。她打開冰箱，拿出一盤醃梅子飯糰。她一邊聽男高音唱歌，一邊慢慢吃著飯糰。梅子顏色很深且味道很酸，她就愛吃這樣的梅子。

那首詠嘆調結束後，她關掉收音機，把兩個飯糰放進一個藍色的碗裡。她在碗中打了個蛋，又加了一些前一晚煮的鮭魚。她把碗拿到後門的門廊，放在階梯上。她的背發出陣陣抽痛，但她站起來挺直身子，拍了三下手。

一隻小白狗從樹叢裡跛著腳走出來。

「吃光吧，小白，」她說。小白又老又病，但還是很會吃。牠的頭在碗上方上下擺動。女人在小白身邊坐下，看著牠吃。碗空了以後，小白抬起頭看她。牠有一隻眼睛患了白內障。女人揉牠的肚子，牠的尾巴用力拍打木頭階梯。

「乖狗狗，」她說。

她站起身走到院子另一頭，小白也跟著她。花園裡的水仙長了黴菌而發白，鳶尾花則已經開始凋謝。到處都是雜草。女人好幾個月沒有割草了。通常都是她丈夫在割。她自從丈夫在去年十二月被捕後，就沒有見過他。起初他被送到蒙大拿州的密蘇拉堡，是搭火車去的，後來又被移送到德州的山姆休士頓堡。他每幾天可以寫一封信給她。通常他都跟她聊天氣。山姆休士頓堡的天氣很好。每個信封的背面都蓋有「經戰爭部審查」或「遭拘留之敵國人信件」的字樣。

女人在柿子樹下的一塊大石頭坐了下來。小白趴在她腳邊，閉上眼。「小白，」她說，「看我。」小白抬起頭。女人是牠的主人，無論她說什麼，小白都照做。她戴上白色絲質手套，拿出一綑細繩。「繼續看著我，」她說道。她把小白拴在樹幹上。「你一直都是隻乖狗，」她說。「你一直都是隻好乖的白狗。」

遠方有一支電話響起。小白發出吠叫。「別出聲，」她說。小白安靜下來。「現在躺下，」她又說。小白翻身仰臥，用好的那隻眼睛看著她。「裝死，」她說。小白將頭轉向一側，閉上眼。牠的腳都癱軟了。女人拿起靠在樹幹旁的大鏟子。她雙手把鏟子高舉到空中，然後迅速以鏟面重擊小白的頭。小白的身體抖動兩次，兩隻後腿朝空中踢，彷彿想要跑走。然後牠逐漸靜止，嘴角流出一道鮮血。女人將牠解開，深深呼出一口氣。選擇鏟子是對的。她心想，比鐵鎚來得好。

她開始在樹下挖洞。土壤的頂層很硬，但是表面以下鬆軟肥沃，很容易挖開。她一次一次用力把鏟子插進土裡，把洞挖得很深了才停下來。她抱起小白，丟進洞裡。牠的身子並不重，落地時發出輕微的撞擊聲。女人脫下手套來檢視。手套已經不再潔白。她把手套丟進洞裡，再拿起鏟子。她把洞填滿。陽光炙熱，樹下是唯一有陰影的地方。女人站在樹下。她四十一歲，相當疲憊。她的洋裝後面被汗水溼透了。她把頭髮從眼前撥開，然後倚著樹幹。一切看來如常，只有剛才挖開的地方，土壤暗了些。暗了些，也溼了些。她從一根低垂的樹枝摘下一片葉子，然後走回屋裡。

孩子們放學回家時，她提醒他們隔天一早就要走了。明天他們要出門遠行。只能帶允許帶的東西。

「我早就知道了，」女孩說。她穿著一件帶有藍色小船錨圖案的白色棉質連身裙，她的頭髮向後緊紮成兩條烏黑的辮子。她把書丟到沙發上，然後告訴女人，她的老師魯瑟福德先生講解了整整一個小時的質數與針葉樹。

「妳知道針葉樹是什麼嗎？」女孩問道。

女人不得不承認她不知道。「告訴我，」她說，但女孩只是搖搖頭。

「我晚點再跟妳說，」女孩回答。她十歲，很清楚自己喜歡什麼。男孩子、甘草糖、桃樂絲・拉摩。她最愛在廣播裡聽到的歌是〈別困住我〉。她深愛她的寵物金剛鸚鵡。她走到書櫃前，取下《美國鳥類圖鑑》。她把那本書平放在頭頂上，挺直背脊，慢慢走上樓到她的房間。

幾秒鐘後傳來很大的重擊聲，書從樓梯滾下來。男孩抬起頭看他母親。他七歲，頭上斜戴著一頂小小的黑色費多拉帽。「她得站得更直才行，」他輕聲說道。
他走到樓梯口，盯著那本書看。書落地時是翻開的，圖片上是一隻棕色的小鳥。長嘴沼澤鷦鷯。「妳要再站直些，」他大喊。
「問題不是那個，」女孩的回答傳來，「是我的頭。」
「妳的頭怎麼了？」男孩喊道。
「太圓。頭頂太圓了。」
他闔上書，轉向他母親。「小白呢？」他問。
他走出去到門廊上，拍了三下手。
「小白！」他喊道。他再次拍手。「小白！」他又喊了幾次，然後回到廚房，站在女人身邊。女人正在切蘋果。她的手指纖長白皙，熟練地握著刀子。「那隻狗一天比一天聾了，」男孩說。
他坐下來，把收音機打開，關掉，打開，關掉；她則為蘋果擺盤。廣播城市交響樂團正在演奏柴可夫斯基《一八一二序曲》的終曲。鐃鈸鏗鏘作響。炮聲隆隆。她把盤子放在男孩面前。「吃吧，」她說。就在他伸手拿蘋果片的同時，聽眾熱烈鼓掌。「好啊，」他們喊道，「好啊，太棒了！」男孩轉動旋鈕，看看能不能聽到《聊運動》，但是他只聽到新聞節目和一首薩米．凱伊的情歌。他關掉收音機，又從盤中拿起一片蘋果。

「屋裡好熱，」他說。

「那就把帽子脫掉，」女人說道，但是男孩不肯。那頂帽子是父親送他的禮物，戴在他頭上顯得很大，然而他天天都戴。他母親為他倒了一杯冰麥茶，他一口氣全部喝光。

女孩進來廚房，走到爐灶旁的金剛鸚鵡籠子前。她彎下身，臉貼近籠子。「跟我說說話，」她說。

鳥拍拍翅膀，在棲木上跳來跳去。「嘎，」牠說。

「我不是要聽這個，」女孩說道。

「帽子脫掉，」鳥說。

女孩坐下，女人給她一杯冰麥茶和一根銀色的長湯匙。女孩舔舔湯匙，望著自己的倒影。她的頭上下顛倒。她把湯匙插進糖罐。

「我的臉是不是怪怪的？」她問道。

「怎麼問這個？」女人說。

「大家都盯著我看。」

「過來，」女人說。

女孩站起來，走到母親面前。

「讓我好好看看妳。」

「妳把鏡子都拿掉了，」女孩說。

「沒辦法，我得把它們收好。」

「告訴我，我長得怎麼樣？」

女人雙手撫過女孩的臉。「妳長得很漂亮，」她說。「鼻子很好看。」

「還有呢？」女孩問道。

「牙齒也很漂亮。」

「牙齒不算。」

「人不能沒有牙齒。」

女人揉起女孩的肩膀。她叫女孩頭往後仰、閉上雙眼，然後手指用力推入女孩的頸部，推到她感覺女孩開始放鬆了才停。「如果我臉上有地方怪怪的，」女孩問道，「妳會告訴我嗎？」

「轉過來，」女人說。

女孩轉過身。

「現在看我。」

女孩看著她。

「妳這張臉是我見過最美的。」

「妳只是說說罷了。」

「不，我是真心的。」

男孩打開收音機。氣象預報員正在發布隔天的預報。他預測會下雨，氣溫也會降低。「坐下來喝麥茶吧，」男孩對他姊姊說。「明天出門別忘了帶傘，」預報員說道。

女孩坐下。她喝下麥茶，接著開始對女人解說針葉樹。大部分的針葉樹是常綠物種，不過有些還是會長成灌木。不是所有針葉樹都會結毬果。有一些，比方說紅豆杉，只有帶著肉質假種皮的果實。

「能知道這個真好，」女人說。接著她站起身，對女孩說該為週四的鋼琴課練習了。

「一定要練嗎？」

女人想了一下。「不用，」她說，「妳想練再練。」

「跟我說一定要練。」

「我說不出來。」

女孩走到客廳，坐在琴椅上。「節拍器不見了，」她喊道。

「那妳就自己數拍子，」女人說。

「……三，五，七……」女孩放下餐刀，停頓下來。他們在餐桌前吃晚餐。外面是黃昏。天空呈深紫色，一陣風從海灣吹進來。數百隻橿鳥在隔壁葛瑞爾家的木蘭樹上嘰嘰喳喳叫個不停。一滴雨落在廚房水槽上方的窗臺。女人站起來，關上窗戶。

「十一，十三，」女孩說。她在練習質數，週一要考試。

「十六？」男孩說。

「不是，」女孩說道。「十六有平方根。」

「我忘了，」男孩說。他抓起一根雞腿，吃了起來。

「你根本就不知道，」女孩說。

「四十一，」男孩說。「八十六。」他用餐巾擦擦嘴。「十二，」他又說。

女孩看了看他，然後轉向母親。「這雞肉怪怪的，」她說。「太老了。」她放下叉子。「我吃不下去。」

「那就別吃了，」女人說道。

「我來吃，」男孩說。他從姊姊的餐盤裡抓起一支雞翅，放進自己口中。他吃完了整支雞翅。然後他吐出骨頭，問母親他們明天要去哪裡。

「我不知道，」女人說。

女孩起身離開餐桌。她在鋼琴前坐下，開始憑記憶彈奏一首德布西的作品。〈黑娃娃步態舞〉。旋律緩慢而簡單。去年夏天她在一場演奏會上彈過這首曲子。當時她父親坐在觀眾席前排，在她演奏完畢後不斷拍手。她把曲子從頭彈到尾，沒有漏掉一個音符。她開始彈第二次時，男孩起身走進他房間，開始打包。

他最先放進行李箱的是棒球手套。他把手套塞進紅色絲緞內襯的袋子，袋子鼓了起來。他把衣物丟進箱子，接著想把蓋子闔上，可是行李箱太滿了。他坐在行李箱上，於是蓋子慢慢往下沉。他突然又站起來，蓋子也彈開。他忘了一個東西。他到走廊的壁櫥，帶回他的圓點傘。他拿著傘，伸直手臂，難過地搖搖頭。那把傘太長了，沒辦法放進行李箱。

女人獨自站在廚房裡洗手。孩子們都去睡了，屋裡很安靜。水管因白天的高溫還是熱的，所以水龍頭流出的是溫水。她能聽見遠方的雷聲——雷聲，還有從黑夜中的遠處某地傳來的微弱警報聲。她從水槽上方的窗戶看出去。天空依然清朗，她能從楓樹的枝椏間看到一輪滿月。那棵楓樹還是株幼木，美麗的葉子到秋天會變成鮮紅色，是她丈夫在四年前為她種下的。她關上水龍頭，到處找碗盤擦拭布，但是找不到。她已經把毛巾打包了，在走廊門邊的行李箱裡。

她在洋裝上抹乾雙手，然後走到鳥籠前。她把綠色的布掀起來，解開籠門的金屬鉤。「出來吧，」她說。鳥小心地站到她手上，看著她。「只有我而已，」她說。鳥眨眨眼。牠的雙眼是黑色，圓鼓鼓的。看不清中間那圈瞳孔。

「過來這裡，」鳥說，「現在過來這裡。」牠的聲音和丈夫很像。如果閉上眼睛，她可以輕易想像她丈夫就和她一起在廚房裡。

女人沒有閉上眼睛。她很清楚自己的丈夫在哪裡。他在山姆休士頓堡某個地方的一座帳篷裡，睡在一張行軍床上——行軍床，也或許是上下鋪——那裡的天氣一向很好。她想像丈夫躺在床上、一隻手臂橫蓋過雙眼的樣子，然後她親了鳥的頭頂。

「我在這裡，」她說。「現在，我就在這裡。」

她拿給鳥一顆葵花籽，鳥將葵花籽的殼咬開。「過來這裡，」牠再度說。

她打開窗戶，把鳥放在窗臺上。

「妳沒事的，」鳥說。

她摸摸鳥的下巴，鳥閉上雙眼。「笨鳥，」她低聲說道。她關上窗戶，並且鎖起來。這下鳥被關在外面了，在玻璃另一邊。牠用爪子敲了三下玻璃，又說了一些話，但女人不知道牠說什麼。她聽不見牠的聲音。

她也敲敲玻璃。

「走吧，」她說。鳥拍拍翅膀，飛到楓樹上。她拿起爐灶後方的掃帚，走到外面搖晃楓樹的樹枝。一小陣水花從樹葉上掉落。「走吧，」她大喊。「離開這裡。」

鳥展開雙翅，飛進夜空。

她回到廚房，從水槽下拿出一瓶梅酒。鳥籠裡沒了那隻鳥，屋裡感覺很空虛。

她坐在地板上，以酒瓶就口。她吞下一口酒，看著牆上原本掛〈拾穗〉的位置。白色的矩形在月光中發出光芒。她站起身，手指撫摸矩形的邊緣，然後笑了起來——起初是輕聲的笑，但她的雙肩很快就抽動起來，她開始喘氣。她放下酒瓶，等待自己停止發笑，可是她停不下來，一直笑到眼淚滑下臉龐才止住。她又拿起酒來喝。那瓶酒色澤很深，味道香甜，是她去年秋天自己釀的。她拿出手帕擦嘴，嘴唇在手帕上頭留下一塊深色汙漬。她把瓶塞塞回酒瓶，盡可能壓到最緊。「La donna è mobile，」[3]她一邊獨自哼唱，一邊走下樓梯到地下室。她把酒藏在生鏽的老舊暖爐後面，在這裡就不會被人發現。

半夜時，男孩爬到她床上不斷問她：「那是什麼怪聲音？那是什麼怪聲音？」

女人撫摸他的黑髮。「是雨，」她低聲說道。

男孩明白後，一下就睡著了。後來打了幾次雷，現在除了雨聲之外，屋裡很安靜。女人清醒地躺在床上，擔心屋頂漏水。她丈夫原本要修補屋頂，但一直沒有修。她從床上起來，放了一個鐵桶在地板上接水。擺好水桶後，她覺得比較安心了。她躺回男孩身邊，將毯子往上拉，蓋住男孩的肩膀。男孩邊睡邊咀嚼，她納悶男孩是不是餓了。於是她想起手提包裡的糖果。那兩顆焦糖牛奶糖。她把焦糖牛奶糖給忘了。喬．朗迪會怎麼說？他會說她穿的紅洋裝很漂亮。他會跟她說別擔心這個了。她知道。她閉上眼。早上她要把焦糖牛奶糖拿給孩子們。她會這麼做。她無聲地說了一段禱辭，然後在雨水穩定滴進水桶的聲音中逐漸入眠。男孩聳肩抖掉毯子，翻身靠著涼快的牆壁。再過幾個小時，他和他姊姊，還有他們的母親就會起床，前往設在錢寧路第一公理堂的民事監督站。[4]然後他們會在衣領別上自己的識別號碼，提著行李箱走上巴士，去任何他們得去的地方。

注釋

1 譯注：戰爭期間特別開闢來增加蔬菜產量的菜園，以民宅的庭園居多。

2 譯注：美國製圖家哈里森（Richard Harrison）於一九四二年繪製發行的二戰世界地圖。

3 譯注：威爾第歌劇《弄臣》詠嘆調〈善變的女人〉第一句歌詞，意為「女人皆善變」。

4 編注：民事監督站（Civil Control Station）為美國戰時民事監督局（Wartime Civil Control Administration，WCCA）所設置，WCCA是一九四二年三月十一日根據第十五號行政令而成立，負責將十一萬名日本人與日裔美國人撤離，並成立十七個暫時安置中心，WCCA在很短時間內就於美國西岸設置四十八個地方辦公室與九十七個臨時民事監督站，直到一九四二年秋天戰爭安置局（War Relocation Authority，WRA）完成設置永久型集中營，才逐漸解除任務，並於一九四三年三月十五日解編。

火車

Train

火車緩緩向內陸移動。在內華達州北部的西緣某處，火車行經一棟孤立的白色房屋。那棟房子有一片草坪和兩棵高大的棉白楊樹，兩棵樹之間有一張吊床在微風中搖盪。一隻小狗側躺在樹蔭下睡得正香。一個戴草帽的男人正在修剪樹籬。樹籬非常圓潤，是完美的綠色球體。有人——也許就是那個男人，或者他的園丁——在郵箱旁的一臺推車裡種了花。一排木柵欄前有一座勝利菜園和一張手寫標示牌，牌子上寫著「出售」。房子後面是一座湖的乾涸湖床，湖後方什麼都沒有，只剩下沙漠中被太陽烤焦的白色沙土，一路延伸到地平線的邊緣。那座湖在地圖上標示為「間歇」。間歇湖。因為它有時候存在，有時候又不存在。要視降雨狀況而定。

「我沒看到，」女孩說。這時是一九四二年九月，她的臉貼在火車滿是灰塵的車窗上。她十一歲，又黑又直的頭髮用一條粉紅色緞帶綁成一根馬尾。她的洋裝是淡黃色，袖子是寬寬的澎澎袖，摺邊已開始變鬆。她的衣領上別著識別號碼，脖子則圍了一條褪色的絲巾。她穿的鞋是娃娃鞋，從春天後就沒有再擦過。

「看到什麼？」她弟弟問道。他八歲，識別號碼和女孩一樣。

女孩沒有回答。她不知道那座湖已經乾涸兩年了。她以前從未見過沙漠，儘管她是個蠻優秀但不算頂尖的學生，已經學會很多詞語的意思，但她還沒學過「**間歇**」這個詞。她低頭再看看地圖，確認湖的位置真的在那邊。確實如此。

她伸出手，沒有抬頭。「請給我檸檬，」她說。她母親彎身前傾，把一顆檸檬放進她的掌心。女孩站起來打開車窗，把檸檬拋進沙漠。檸檬飛得老高，然後砸到一株發黑的鼠尾草枝幹，枝幹上有許多結瘤；同時那棟白色的房子在遠方變得愈來愈小。女孩曾經是壘球隊的明星投手，很懂得怎麼投擲。

「別把手臂也丟了，」她母親輕聲說道。

「我沒打算丟，」女孩說。她把地圖放進座位下的行李箱，然後坐下來。一個老婦人走過去，身體微微左右搖晃，女孩聞到一股潮溼的霉味，讓她想起腐爛的樹葉。那是老舊高級絲綢的味道。女孩深吸一口氣並閉上眼，但她始終很不自在。

座位又硬又挺，她從昨天晚上離開加州後都還沒睡。女孩一直住在加州——起先是在柏克萊一條離海不遠的大街上，一棟用灰泥粉刷的白色屋子；然後，過去四個半月是在舊金山南邊坦夫蘭賽馬場的安置中心——但現在她要去猶他州住在沙漠裡。火車又舊又慢，已多年未使用。牆上垂掛著破掉的煤氣燈，火車的動力是燒煤的鍋爐。有些乘客因為車廂顛簸搖晃而不適，擁擠的隔間裡有嘔吐物和汗水的味道，還有微微的柳橙味。那天早上，士兵在車廂地板上放了一大箱檸檬和柳橙。女孩很愛吃柳橙——她好幾個月沒吃到新鮮柳橙了——但她現在根本不會想吃。火車突然往前晃，她彎下身子，把頭夾在雙膝之間。

「我好像要吐了，」她說。

女孩的母親給她一個牛皮紙袋，她打開紙袋便嘔吐起來。她弟弟把手伸進長褲口袋，拿出一張紙巾給她。她手裡緊抓著紙巾，同時她母親慢慢揉著她的背部。

「別碰我，」女孩說。「我想自己一個人吐。」

「這樣太難受了，」女孩的母親說。她繼續揉女孩的背，女孩也沒有抗拒。

正午將至，火車通過溫尼馬卡南方的小鎮。建築物幾乎沒了影子，天空明亮晴朗。女孩看到一座水塔側邊有張很大的告示牌，上面寫著「**發薪日就要買美國戰爭公債**」。她還看到辛雷陳年威士忌和《美國金曲時間》的廣告。他們還在內華達州，時間還是禮拜天。遠方某處響著教堂鐘聲，街道上都是盛裝打扮的人。他們剛做完晨間禮拜，正在步行回家。三個穿白洋裝的小女孩撐著相同的白色洋傘飛奔而過。一個穿藍色套裝的男孩從外套拿出彈弓，小心翼翼瞄準三隻高高停在電線上的烏鶇。接近城鎮邊緣時，一男一女騎著腳踏車通過一座橋。女孩納悶他們是一起的，還是正好同時在橋上而已。那個女人戴著深色太陽眼鏡，穿著露出腳踝的黃色九分褲，看起來不像剛做完禮拜。她在笑，她的頭髮並未梳起，是紅色的，在她背後隨風飄揚。女孩將頭探出車窗大喊：「嘿！」但那個女人沒有聽見，她離得太遠了，正朝著橋的那一頭溜去，男人就騎在她後面。

火車鳴笛，女孩感覺到有一隻手壓在她肩上。她把頭縮回車廂裡抬起來一看，是個士兵的臉。他是個年輕男子，淺棕色的頭髮從軍帽的帽緣下岔出來。他的右眼下方有顆深色的痣，女孩不由自主地盯著它。然後她又看士兵的雙眼，也不由自主地盯著它們。士兵有一雙漂亮的眼睛。那雙深綠色的眼睛正直視著她。「小姐，」他說，「窗簾放下，窗簾放下。」他的聲音溫柔又低沉。他沒有笑，但是女孩知道如果可以的話，他一定會微笑。她不曉得自己怎麼會知道，但她就是知道。

「好的，長官，」她說。她拉下窗簾，橋上的男女就此消失。「**他們是一起的，**」她這麼判定。

士兵繼續沿著走道走下去，用他深沉悅耳的低音喊著：「窗簾放下，窗簾放下，」她也輕聲跟著他喃喃複誦。然後，她用一點也不溫柔的聲音大喊：「長官！」她並無意喊出「長官」，但這兩個字還是脫口而出。「長官！」她又說了一次。她無法控制自己。「**長官，長官，長官！**」

那個士兵沒有聽見。

她在自己的座位上往後靠時，坐在她前面的老人轉過頭，用日語對她說話。老人的臉曬得黝黑，脖子上滿是長年日曬而產生的皺紋。他有一隻手少了兩根手指。女孩搖搖頭，說她很抱歉，她只會英語。

「So so so，」老人說。他轉過頭，拉下窗簾，車廂變暗了一些。

士兵走到車廂末端時，用右手摸摸自己腰上的槍，確認它還在。女孩想起他也是用同樣的方法摸她的肩膀——輕輕地，也是用那隻手——她好希望士兵會再回來。此時最後一面窗簾放下了，車廂全暗，她完全看不見那個士兵。現在她誰也看不見，火車外也沒有人看得到她。火車上有人，火車外也有人，他們之間隔著那層窗簾。一個沿著軌道走的人，只會看到一列黑色車窗的火車在中午駛過。他會心想，火車來了，然後就不會再去想火車的事。他會想別的事情。也許是晚餐吃什麼，或者誰會打贏這場戰爭。她知道這樣比較好。他們上一次經過一座城市沒有拉下窗簾，有人從車窗扔進了一塊石頭。

火車減速通過乾枯河床上方的高架橋，然後鐵軌旁就不再有城鎮了；只有公路，所以窗簾可以拉上去。女孩把窗簾底部的拉繩一拉，車廂內便充滿陽光。

「妳覺得我們會不會看到馬？」弟弟問她。

「不知道，」女孩說。這時她想起自己在《國家地理》雜誌讀過北美野馬的報導。西班牙人在好幾百年前把牠們帶來這裡，所以現在有大量野馬到處漫遊。每年秋天，牠們都會下山到高地沙漠平原吃草。如果有牛仔需要新的馬，只要去沙漠弄一匹就行了。就那麼簡單。女孩想像一個牛仔彈幾下手指，接著就有一匹馬，一匹野生的白色種馬，在一片紛亂的塵土中飛奔到他面前。

於是她告訴男孩，他們大概會看到馬。他們大概會看到一些馬。因為內華達州的野馬比其他的州都還要多。這也是她在《國家地理》雜誌讀到的。

「妳覺得我們會看到幾匹？」

「很有可能，八匹。」

男孩似乎對這個答案很滿意。他把頭枕在姊姊的大腿上，逐漸睡著。

女孩依然太過疲倦，無法入睡。她靠著車窗，嘗試回想弟弟是什麼時候開始講馬的事。她幾乎完全確定是在坦夫蘭開始的。整個夏天，他們都住在老舊的畜欄裡，就在賽道後方的馬廄。早上他們在長長的鐵皮飼料槽洗臉，夜裡則睡在塞滿麥稈的褥墊上。他們每天有兩次要在警報響起時回畜欄清點人數，每天有三次要在正面看臺底層的食堂排隊用餐。他們在那裡的第一天晚上，她弟弟從剛粉刷過的牆上拔出硬挺的馬毛，並且用手指細細撫摸對開式雙截門上半截的齒痕；那個部分的木材很軟，也磨損了。天暖的時候，他會聞到馬的味道從潮溼的油氈地板散發出來。下雨的時候，她會留在室內寫信給人在德州山姆休士頓堡，或者羅茲堡，或者其他某個地方的父親，而她弟弟則會穿著雨衣和紅色橡膠雨鞋到外面，繞著泥濘的賽道走過一圈又一圈。有天晚上蒼蠅很猖獗，害他們睡不著，女孩的弟弟突然從床上坐起來，對她說他長大後要當騎師。男孩在那之前從沒騎過馬。「騎師都很矮小，」她對弟弟說。「你希望長成小矮個嗎？」他打不定主意。他想不想騎馬？想。他想不想當矮個子？不想。「騎馬！」岡村先生從隔間另一側的畜欄大聲說道。「多吃點，長成高大的美國男孩！」伊藤先生從隔壁第二個畜欄大喊。隔天木工過來，在窗戶上釘鐵絲網，後來蒼蠅就沒那麼多了。男孩很久都沒在深夜繼續跟她聊馬或其他事，他都在睡覺。

到了傍晚，火車上沒有水了。陽光照進骯髒的窗玻璃，車廂裡的空氣又悶又熱。昨天夜裡在太浩湖上方的山區，蒸氣暖氣打開了，後來無法關閉。又或許其實可以關，只是他們不關，女孩也不知道。她流著汗，口很乾。

「妳看這個，」男孩對她說。他在翻閱一本書——《非洲大型動物狩獵》。他停止翻頁，指著一張有光澤的照片，上面是一頭公象從非洲的灌木叢裡衝來。「妳覺得拍這張照的人後來怎麼了？」

女孩眯起眼睛看了一會並思考。「被踏扁了，」她說。

男孩嚴肅地盯著那頭大象看了很久，然後翻到下一頁。一群瞪羚在熱帶草原上優雅地跳躍。女孩站起來，走到車廂前端排隊上廁所。

她一排好隊，就舉起手整理頭髮上的蝴蝶結。那是她母親那天早上幫她綁的，但是綁太鬆了。女孩用力把蝴蝶結拉緊，緞帶卻斷掉了，她的頭髮因此散落。她把緞帶扔到地上。

「妳還好嗎？」她後面的男人問她。這個男人兩鬢斑白，但女孩看不出他是年輕人還是老人。他戴著一副圓型金邊眼鏡和一支漂亮的金錶，錶上的時間已經不準了。

「我不知道，」她說。「我看起來如何？」

「我覺得很好。」他彎腰撿起斷掉的緞帶，仔細把兩截綁在一起。他的手指又細又長，動作非常細膩。他拉一下綁好的結以確認有綁緊，確實很緊。

「你可以留著，」女孩說。

「不行，這不是我的，」男人說。他把緞帶還給女孩，女孩將它塞進口袋。

「這裡很熱喔？」

「非常熱，」男人說。他拿出一條手帕，開始擦眉毛。

火車繞過一個大彎，女孩覺得雙腿傾斜。她伸出手扶著牆好站穩。「昨天晚上是太冷，」她說，「現在卻熱得我呼吸困難。世事多變。」

「可不是嘛，」男人說。

她看著男人手帕一角用金線繡的字母，問他那個T是什麼意思。

「禎三（Teizo）。但我朋友都叫我泰德。」

「那I呢？」

「石元（Ishimoto）。」

「我可以叫你泰德嗎？」

「都可以的。」

「你是不是有錢人？」

「現在不是了。」他摺起手帕放好。「妳的絲巾很漂亮。」

「家父送我的。他以前常到處跑。這是他上次去巴黎時買給我的。我請他帶瓶香水給我，但他忘了，結果帶了這條絲巾。這絲巾很普通，對吧？」

他沒回答。

「他在那邊的時候，也買了一雙鞋給他自己。那雙鞋很花俏，皮革上面打了一些小洞。還附帶木製鞋撐，晚上可以放在鞋子裡。」她低頭再看看絲巾，邊緣都已破舊磨損。「重點是，我早就有一條藍色絲巾了。他更之前那次去巴黎買給我的。」她嘆息道。「我要的不是這個。」

石元泰德摘下眼鏡，舉起來對著車窗。「以後看看囉，」他說。他對著鏡片吹氣，然後在衣袖上擦拭。「妳父親一起在火車上嗎？」

「沒有，」女孩說。「他被帶走了。在密蘇拉待了一陣子，然後被送到山姆休士頓堡。現在在新墨西哥州的羅茲堡。他說那裡都沒有樹。」

「竟然沒有樹！」男人說完後難過地搖搖頭，彷彿這件事很奇怪，很嚇人。「他會寫信給妳嗎？」

洗手間的門打開，一個女人走出來，對女孩微笑。「換妳了，」她說。

女孩望著石元泰德。「先別走，」她說。她進入洗手間，盯著洗手臺上方鏡子裡的自己，眼前不過是：一個平凡的女孩，圍著一條平凡的藍絲巾。她打開水龍頭，但是沒有水。她把頭抬得老高，說了聲「啊——」，然後露出笑容，但只是淺淺一笑，嘴角微微上揚。那樣笑的時候，她看起來不像自己。像她母親，只是沒那麼神祕。

她走出洗手間，手扶著打開的門。「家父從不會寫信給我，」她說，儘管那並不是真的。從去年十二月被逮捕之後，他每週都寫信，而她也留下了父親寄來的每一張明信片。

「真遺憾，」石元泰德說道。他伸手扶門，但女孩沒有放手。她指向走道另一頭。「你有看到那邊那位女士嗎？」

他點頭。

「你覺得她漂不漂亮？」

「她很美。」

「她是我母親。」

「妳母親是個大美人。」

「我知道。大家都這樣說。她在看我們。」

「她很盡責，」他說。「她累了，從她眼中看得出來。妳跟她說一切都會沒事的。」

他匆匆鞠躬，走進洗手間。「先失陪了。」

女孩將門放開，慢慢走回座位。走道中間，有個五、六歲的小女孩在地上玩一個髒兮兮的娃娃。娃娃有一頭黃色捲髮和一雙大大的陶瓷眼睛，而且會開闔。

「妳的娃娃叫什麼名字？」

「雪莉小姐。」小女孩害羞地把娃娃舉起來。「媽媽從西爾斯百貨的目錄買給我的。」

「她很漂亮。」

「不能給妳。」

「沒關係。」女孩繼續沿著走道走下去。她經過幾個打呼的乘客，有個睡著的男人臉上蓋著一份報紙。她看見一個年輕女子在看《緬甸外科醫》。[1]一個較年長的男性一邊看《韋氏辭典》，一邊用一支紅色鉛筆為單詞畫底線。她看見兩個男孩在搶一個靠窗的座位。兩個中年婦女靜靜地並肩坐著，編織一模一樣的厚羊毛襪，準備應付尚未來臨的寒冬。

女孩找到自己的座位並坐下後，前面的老人又轉過頭來對她說話，這次她還是聽不懂。她納悶老人的妻子在哪裡，又或者他到底有沒有妻子。她想看老人的左手無名指，但左手無名指正是他缺掉的手指之一。「他在說什麼？」她低聲問母親。

「跟草莓有關的事。他以前是種草莓的。」

「那很好呢，」女孩對老人說。

他低下頭，笑了。

「他聽不懂妳說的話，」她母親說道。

「他懂。」

她母親從手提袋拿出一把梳子，「轉過去。」

女孩轉身面向車窗且閉上雙眼，她母親開始為她梳頭髮。「用力梳，」她說。

「妳的蝴蝶結呢？」

「再用力些，」女孩說。梳子發出有如柔軟布料被撕破的聲音。「蝴蝶結掉了。」

「妳的頭髮這麼漂亮，應該要更常放下來。」

「太熱了。」

「妳剛才在那裡跟誰說話？」

「不重要的人，」女孩說。「一個男的。有錢人。」她停頓一下。「泰德，」她輕輕說道。「他要我告訴妳，一切都會沒事的。」

「他太篤定了。」

「他還說妳很美。」

「真的嗎？」

「真的。」

「妳不該相信男人對妳說的每句話。」

女孩轉過頭看母親的臉。她的眼圈有些小細紋，女孩以前沒注意到。「妳什麼時候開始不擦口紅了？」

「兩個禮拜前。我全部用光了。」

女孩站起來，把頭髮甩散。她看見車窗外的公路旁有家餐廳，名叫黛娜的小屋。三輛大卡車停在黛娜的小屋前面。附近數哩都沒有其他建築物。柏油地上塗有亮黃色的標線，但是卡車並未停在標線之間。它們停在司機想停的地方。餐廳的門打開，一個穿靴子、戴牛仔帽的男人走出來，進入白天的高溫裡，還因為餐廳裡某個人——也許是黛娜——剛剛對他說的話而笑著。他看到火車便停下腳步，望著車廂駛過，接著他用食指摸了一下帽簷，走過停車場去開他的卡車。

女孩不知道男人摸帽子是什麼意思。也許和點頭或說哈囉的意思相同。那代表他看到你了。也或許根本沒有意義。她把手伸進洋裝口袋，撫摸打在緞帶上的結。然後她伸手抓她的絲巾並面向她弟弟。「告訴我，」她說，「這難道不是你看過最漂亮的絲巾？」

男孩在座位上坐直身子，眨了幾下眼睛。

「跟我說實話，」女孩說。

「我一向說實話。」

「所以呢？」

男孩猶豫一下。「我記得妳去年圍過一條更漂亮的。」

「我去年沒有圍過絲巾。」

女孩轉身往走道另一頭看，想知道石元泰德從洗手間出來了沒。她看見門打開，一個年輕女子帶著一個嬰兒走出來。嬰兒在哭，滿臉紅通通。女人的上衣前面是溼的。石元泰德已經走了。

她把手伸進她的行李箱，拿出一副破舊的撲克牌，開始洗牌。「選一張牌，」她對男孩說，「哪張都行。」

男孩沒有回她。他在翻找自己行李箱的東西。

「好吧，」她說，「那我來選。」她從整副牌的中間抽出一張，然後塞出窗外。「你猜是哪一張牌。」

「我現在沒心情猜牌。」

「怎麼了？」

「沒事，」男孩說。「我忘了我的傘。我以為我有帶，結果沒有。」

他母親給他一顆柳橙。「人無法記住每件事，」她說。

「就算記得住，也不應該記著，」女孩說。

「我不會那樣講，」母親說道。

「妳是沒講，」女孩說。

「等我們下車，再找另一把傘給你，」母親對男孩說道。

「我們永遠下不了這列車了，」女孩說。

「會的，」母親說。「明天。」

男孩用那顆柳橙敲起頭來。

「別那樣，」母親說。

男孩停下來。他用力咬進肥厚的橙皮，汁液順著他的下巴流下。

「不是那樣吃，」母親說。她拿起那顆柳橙，用一氣呵成的動作，開始慢慢剝皮。畢竟他們不趕時間。「這樣才對，」她說。她的手纖瘦白皙，最近剛開始老化長斑。她晚婚晚生，現在早早就老化了。「你有在看嗎？」她問。

「有，」男孩說。他張開嘴，她把一瓣柳橙放在他舌頭上。

女孩把其餘的撲克牌一一塞出窗外，直到手中只剩下一張：梅花六。她想不出梅花六有什麼特別之處。她把牌翻過來，看著背面的新娘面紗瀑布（Bridalveil Fall）照片。前年夏天，她父親僱用一個印度司機——他稱那人為印度教徒——帶他們去優勝美地，他們在阿赫瓦尼飯店住了一週。她在禮品店買了那副撲克牌，她弟弟則買了一把紅色的木製印第安戰斧。他們每天晚上都在飯店豪華餐廳的巨大吊燈下吃晚餐。服務生都穿著燕尾服，稱呼她小姐，不管她點什麼都用圓形銀盤給她端來。她每天晚上都點一樣的東西。龍蝦。阿赫瓦尼的龍蝦非常好吃。

她把自己的名字寫在梅花六撲克牌上，然後將那張牌塞出窗外。

即將入夜時，火車來到艾科附近。路邊有個男人正從一輛紅色舊卡車出來。一個女人坐在副駕駛座，直視前方。女孩知道女人在看什麼。她看著一片虛無。沒有任何東西映照眼底。引擎蓋下方冒出蒸汽，男人不斷猛踢卡車的門。「對喔，你就踢吧踢吧，」女孩說。一隻渡鴉飛過天空，然後那輛卡車就消失了。

弟弟輕敲她的手臂。

「什麼事？」

「踐踏，」他說。「那個人被踐踏了。」他舔舔指尖，在車窗的灰塵上畫出一個叉。

女孩打開她的行李箱，拿給他一張紙和一支鉛筆。「拿去吧，」她說，「你可以畫在這上面。」

男孩畫了一個大方塊，又在方塊裡面畫了一個小小的男人；他身穿西裝，雙腳是兩個大鞋撐。「那是爸爸，」他說。他又加上一撮小鬍子，可是那撮小鬍子看起來不太對勁。

「太寬了，」女孩說。

「沒錯。」他擦去小鬍子和男人一部分的嘴巴，再重新把小鬍子畫上去，只是沒那麼寬，不過他忘了把嘴巴畫好。他把鉛筆還給姊姊。「妳來畫，」他說。

她接過鉛筆，在男人頭頂上畫了一片滿是星星的天空。

「也給他一頂帽子吧。」

她畫了一頂很寬的黑色費多拉帽，帽子飾帶插著一根小羽毛。女孩很擅長畫圖。前年她以一顆松果的線條畫，在林肯小學得到第一名。她只是全神貫注地觀看那顆松果，圖就自己畫出來了。她幾乎完全沒有低頭看鉛筆。

不久後，男孩睡著了，她從行李箱拿出父親的明信片。其中一張上面有個很小的男人在河岸上釣魚。男人下方寫著「**來自寶藏之州，蒙大拿的問候**」。另外有一張上面是全世界最高的煙囪。全世界最高的煙囪在蒙大拿州的阿納康達。[2] 她瀏覽過許多印第安村莊和古老巖屋的圖片，看到新墨西哥州最大且最高級的活動場館的明信片才停下來：那是聖塔非高中的賽斯堂體育館。賽斯堂的外觀很像一棟超大泥磚屋，只不過窗戶上有交錯的木條。她父親在明信片背面寫了一段短信給她：「**夏天終於到了。我身體很健康，希望你們也都好好的。我知道妳生日快到了。請告訴我妳想要什麼，我會向舊金山的巴黎百貨公司訂購，請他們寄給妳。我不在家，妳要聽媽媽的話。愛妳的爸爸。**」明信片最下面還寫著「P. S.」，但是後面那行字被審查人員塗黑了。她好奇父親想說什麼。她沒有回信——每天都和其他日子一樣，她想不出有什麼新鮮事可說——但那條藍絲巾和那瓶小小的「甜蜜小夜曲」香水還是在她生日那天寄到了。她很久以前就用光了「甜蜜小夜曲」。現在她連那是什麼味道都想不起來。

車窗外，黃昏降臨。山巒沿著山脊上緣發出紅光，山後的天空已經變成深紫色。一個士兵——不是先前那個——穿過車廂並且喊著：「窗簾放下。」從日落到日出這段時間，他們必須一直讓窗簾闔著。她把明信片收好，然後拉下窗簾。母親在車窗下擺放一個木製的舊行李箱，並且坐在箱蓋上，這樣就可以把座位留給女孩和男孩。「躺下吧，」她對孩子們說。「盡可能睡個覺。」

過了一段時間，女孩被玻璃砸碎的聲音吵醒。有人把一塊磚頭扔進車窗，但是煤氣燈破了，車廂太暗，什麼也看不見。她在流汗，喉嚨又乾又痛；她想喝杯冰牛奶，但是想不起自己在哪裡。起初她以為在柏克萊那棟白色灰泥房屋裡，那間屬於她的黃色臥室，但是她沒看到黃色牆上的榆樹影子，甚至沒看到黃色的牆，所以她知道她不在那邊，她是在坦夫蘭的畜欄裡。可是坦夫蘭有蚊蟲和跳蚤，還有馬的可怕臭味，和左鄰右舍吵鬧到深夜的聲音。在坦夫蘭，畜欄之間的隔板並沒有延伸到天花板，所以根本無法睡覺。女孩睡著了。她剛才有入睡。她睡著了，而且再度夢見她父親，所以她知道自己也不在坦夫蘭。

她呼喚母親。

坐在行李箱上的母親伸出手來擺在女孩的額頭上，將她溼掉的黑髮向後理順並說「噓，寶貝，」這時依然記不得自己在哪裡的女孩突然想起，母親很久沒有叫過她寶貝了；從小白跑出去一週才回家的那個夏天之後，就沒有叫過。那是在小白變得又老又累、被割草機傷到腳之前的事。那時候小白還是一隻吵鬧的白狗，看到再大的東西都會對著它吠叫。那時候女孩才八歲，她父親在一個禮拜天讓她獨自拿著一把硬幣走到街角的小店，他則站在前廊看著。她帶了一份厚厚的《舊金山紀事報》回到家，然後他們坐在廚房裡，一邊喝著熱騰騰的大杯熱可可，一邊看連環漫畫——先看《迪克·崔西》和《月亮穆林斯》，然後看她最喜歡的《隱形女俠思嘉·歐尼爾》——家裡沒有其他人醒著。現在她十一歲，想不起自己在哪裡。此刻是深夜，母親叫她寶貝，問她還好嗎。

「我好得很，」女孩說。「只是想喝杯牛奶。」她伸出手，在黑暗中用手指撫摸火車平滑的壁板。「小白在哪裡？」

「我們不能帶牠一起走。」

「牠在哪裡？」

「我們把牠留在家裡。現在我們在火車上。」

女孩從座位上坐起來，抓住母親的手。「我夢到爸爸了，」她說。「他穿著他那雙花俏的法國鞋子，我們在一艘船上，要去巴黎，而他又在唱那首歌。」她哼唱起來，因為她記不起歌詞。

「〈興致高昂〉，」她母親說。

「對，就是那首，〈興致高昂〉。」

「是哪一種船？」男孩小聲問道。

「貢多拉。」

「那妳是在威尼斯。」

「好吧，」女孩說，「就當我是在那邊。」她拉開窗簾，望向外頭內華達州的黑夜，看到一群野馬在沙漠中奔馳。天空被月色照亮，野馬黑暗的身影在月光中移動和轉向；所到之處都會留下滾滾沙塵，證明牠們剛剛路過。女孩掀起窗簾，把弟弟拉到窗邊，然後輕輕將他的臉貼在玻璃上。看到那群野馬，牠們的長腿、飛揚的馬鬃，還有光滑的棕色皮毛時，他發出一聲低吟，聽起來很像喊痛，但其實不是。他看著那些馬奔向群山，然後用非常輕的聲音說，「牠們走了。」這時一個拿著手電筒和掃帚的士兵沿著走道過來。女孩讓窗簾落回玻璃旁邊，叫男孩回到他的座位。

「磚塊在哪邊？」士兵問。「這裡，」有個人答道。女孩靜靜坐著聽那個士兵清掃玻璃碎片。「窗簾放下，」她對自己說。「窗簾放下。」然後她閉上眼睡去。

那天夜裡不知幾點，火車進入了猶他州。火車駛過廣闊荒蕪的大鹽湖沙漠，然後是大鹽湖。那座湖又暗又淺，沒有通往大海的出口。它一直以來都是一樣的——一個沒有任何東西會下沉的古老水體——但女孩沒有看到湖。她睡得很熟，不過就算在睡夢中，水波蕩漾的聲音依然進入她耳裡。一個小時後，火車停在奧格登車站補給水和冰塊，而口渴的女孩依然在睡。她一路睡過班提福爾、鹽湖城與西班牙福克，直到隔天早上火車抵達德爾塔才睜開雙眼。她醒來後已經不記得水波的聲音，但那個聲音與她同在，只是她不知道。大鹽湖的聲音在她心底。在德爾塔，帶著刺刀的武裝士兵護送他們下火車；女孩提著行李箱，一步一階地走下金屬梯，踏上實在的土地。空氣靜止而溫熱，她不再聽見引擎的低鳴，或者車輪與鐵軌碰撞的聲音。

她舉手擋住眼睛，「太亮了。」

「亮得叫人吃不消，」她母親說。

「請繼續走，」一個士兵說道。

男孩說他太累了，走不動。母親放下自己的行李，從手提袋裡拿出一塊她留了好幾週的芝蘭口香糖給他。他把口香糖扔進口中，然後跟著母親和姊姊走在兩排士兵中間，前往天還沒亮就已經在等待他們到來的巴士。

他們走上一輛巴士，車子緩緩開過市區綠樹成蔭的街道。他們經過一棟法院大樓、一家五金行和一家餐館，餐館裡滿是趕在上班前吃早餐的饑餓之人。他們闖過一個黃燈並突然轉向，以免撞上一隻流浪狗。他們經過一個又一個白色房屋組成的街區，那些房子都有木造門廊和修剪整齊的草坪，然後就到了市區邊緣。接下來好幾哩的路兩旁都是農場和苜蓿田，景色怡人。後來巴士轉入一條新鋪好的柏油路，直直駛過偶爾出現的夷藜[3]和鼠尾草，最後抵達托帕茲。巴士在托帕茲停下來。女孩往窗外看，看見數百間貼上瀝青紙的營房坐落在烈日下。她看見電線桿和帶刺鐵絲網。她看見士兵。她所見的一切都出現在一片細緻的白色沙塵中，而那片沙塵曾經是一座古老鹽湖的湖床。男孩開始咳嗽，女孩把自己的絲巾解開並塞到男孩手中，叫他掩住口鼻。他拿絲巾摀住臉，並且牽住女孩的手，接著他們一起步出巴士，走入沙漠的炫目白光中。

注釋

1編注：《緬甸外科醫》（*Burma Surgeon*）為西格雷夫（Gordon S. Seagrave）一九四三年出版的自傳性作品。西格雷夫一八九七年出生於仰光的美國傳教士家庭，這個浸信會的傳教士家庭已經四代在緬甸。西格雷夫從小的第一語言甚至是克倫語。

2編注：阿納康達銅礦公司的冶煉廠有著全世界最高的石砌煙囪，高達一七八·三公尺。

3編注：greasewood學名應為*Sarcobatus vermiculatus*，為黑肉葉刺莖藜科，或夷藜科，帶刺灌木。分布在北美西部的乾旱地帶。

天皇蒙塵

When the Emperor Was Divine

起初，男孩無論到哪裡，都以為自己看到了父親。在公廁外面。在蓮蓬頭下。倚在營房門邊。午餐後和其他戴著軟簷草帽的男人坐在窄的木板凳上面下圍棋。他們頭上是蔚藍的天空。炙熱的正午豔陽。沒有樹。沒有樹蔭。有鳥。

時間是一九四二年。猶他州。晚夏。沙漠高地上，一片滿是沙塵的鹼性平原中，大批貼有瀝青紙的營房聚集在一排帶刺鐵絲網後方。風又熱又乾，很少下雨；無論男孩望向何處，都會看到他：爹地，爸爸，父親，Oto-san。

因為事情就是那樣，他們的外表都一樣。黑頭髮。丹鳳眼。高顴骨。厚眼鏡。薄嘴唇。爛牙齒。不可知。無法理解。

是他，在那裡。

那個矮小的黃種人。

鈴聲每天響三次。無止盡的隊伍。黑色的營房屋頂之間瀰漫著飄出來的肝臟味道。鯰魚的味道。偶爾會有馬肉的味道。沒有肉吃的日子，則是豆子的味道。食堂裡充滿叉子、湯匙和餐刀的碰撞聲。沒有筷子。一望無際、上下擺動的黑色人頭。數百張嘴在咀嚼。啜食。吸吮。吞嚥。而在那裡，在角落，在國旗下方，有一張熟悉的面孔。

男孩大喊：「爸爸，」三個戴著金屬框厚眼鏡的男人在餐盤前抬起頭說：「Nan desu ka？」

什麼事？

但是男孩無法說出是什麼事。

他低下頭，叉起一根維也納小香腸。他母親再次提醒他，不要公然放聲大叫，也絕不能邊吃東西邊說話。山內哈利拿湯匙敲玻璃杯，宣布週一晚上要清點人數。男孩的姊姊在桌子下用磨損的娃娃鞋尖用力推他。「爸爸不在，」她說。

他們被分配到的房間所在的營房，位於一個和圍籬相距不遠的營房區。男孩。女孩。他們的母親。房間裡有三張鐵製行軍床、一臺大肚暖爐，和一顆從天花板吊掛下來的裸燈泡。一張用木箱條板做的桌子。粗糙的木架上層有一臺舊的增你智收音機，是他們從加州搭火車一起帶來的。一個馬口鐵鐘。一罐紙花。一盒鹽巴。小窗戶旁邊的牆上釘著一張從雜誌上撕下來的喬．狄馬喬照片。沒有自來水，廁所在半個營房區之外。

在很遠的地方，大海的那頭，有一場戰爭；夜裡男孩躺在塞著麥稈的床墊上不睡，收聽廣播的新聞快報。有時候，在黑暗中，他會聽見其他房間傳來的聲音。沉重的腳步聲。洗牌聲。反覆不斷的彈簧嘎吱聲。他聽過一個女人低聲說：「低一點，再低一點，就是那裡」，還聽過一個音域很高的男人唱著：「Auf wiederseh'n，吾愛，auf wiederseh'n。（按：德語再見之意）」

有個人說：「法蘭克，講 sayonara 就好了。」

有個人說：「Bon soir！（按：法語晚安之意）」

有個人說：「麻煩閉嘴，拜託。」

還有一個人打了個嗝。

男孩的床上方有一扇窗戶，窗外是星星、月亮和一望無際的黑色營房，整齊排列在沙漠中。遠處是一片寬闊的原野，除了鼠尾草之外什麼也沒長，然後是圍籬和木頭搭成的高塔。每座塔裡都有一個衛兵，帶著機關槍和雙筒望遠鏡，晚上要操作探照燈。衛兵是棕髮綠眼，又或者是藍眼，剛剛從太平洋輪調回來。

來到沙漠的第一天，他母親說過：「要小心。」

「不要去摸有帶刺鐵絲網的圍籬，」她說，「或是跟塔裡的衛兵說話。」

「不要直視太陽。」

「還要記住，絕對不能說出天皇的名字。」

男孩總戴著一頂藍色棒球帽，也不會直視太陽。他經常低著頭、手插著口袋，在防火道裡徘徊，尋找沙地裡的貝殼和舊印第安箭矢。有的日子他會看見響尾蛇在鼠尾草下方睡覺。有的日子則看到蠍子。某次他偶然看到一副被太陽曬成白色的馬頭骨。還有一次則遇到一個身穿紅色絲綢和服、手提著馬口鐵桶的老先生，他說他要去河邊。

只要行經守衛塔的陰影，男孩都會把帽簷拉低，努力不說出那個名字。

但偶爾還是會脫口而出。

裕仁，裕仁，裕仁。

他說得很輕。很快。用氣音。

在進入沙漠的火車上，他把頭枕在姊姊的腿上睡覺，夢到他在海邊騎著一匹高大無比的白馬。他朝海平線看去，看得到海上有三艘黑色的船。那些船從大海的那頭一路航行過來。是天皇親自派來的。船帆又白又方，被風吹得鼓鼓的，船桅又直又高。他看著那些船緩緩轉向海岸。然後他就醒了，火車左右搖晃，後面的座位上有個女人輕聲唱著歌。當時天剛亮，他姊姊睡得很熟。她穿著她那件有小白花圖案的黃色夏季洋裝，因為在沙漠裡，也就是他們要去的地方，夏天會很長。

這裡不像他在書上看過的任何沙漠。沒有棕櫚樹，沒有綠洲，沒有駱駝商隊緩慢而蜿蜒地走過沙丘。只有風、塵土，和熱到發燙的沙。

下午時，暑熱一波波從地面上升。營房高處熱氣蒸騰。外面是華氏九十五度。一百度。一百一十度。老先生們坐在外頭的窄長凳上不說話，不斷剝著木頭碎片來打發時間。男孩在洗衣房的地上玩彈珠。他下中國象棋。他和同一區的其他男孩在營房之間流連，玩官兵抓強盜。**殺光納粹！殺光日本鬼子！**天氣太熱無法出門的時候，他就坐在房間裡，頭上蓋著條溼毛巾，瀏覽過期的《生活》雜誌。他看到被炸毀的歐洲城市，也看到緬甸的盟軍士兵經由溼熱叢林逃到印度的畫面。他姊姊在床上躺好幾個小時，癡癡地盯著西爾斯百貨目錄裡的白色儀隊靴和穿浴袍的男人。她寫信給圍籬外的朋友，對他們說她過得很愉快。**要是你也在這就好了。期待收到你的消息。**他們的母親在窗邊補襪子。她閱讀。她做紙風箏給他們，風箏尾巴是用馬鈴薯袋的繩子編的。她上花藝課。她學習鉤針編織——「這樣就有事做」——所以有一週的時間，每個東西下面都有布墊。

不過，他們主要都在等待。等待郵件。等待新聞。等待鈴響。等待早餐、午餐和晚餐。等待一天結束，另一天開始。

「等戰爭結束，」男孩的母親告訴他，「我們就可以打包回家。」

他問她覺得那還要多久。一個月嗎？兩個月？最多一年？她搖搖頭，看向窗外。三個小女孩身穿骯髒的白色連身裙，在沙塵中玩貴婦遊戲——「哎呀，」她們大叫，又說，「你好，喝茶嗎？」——遠方有渡鴉乘著上升氣流翱翔。「很難講，」

她說。

男孩床邊那面牆的另一側住著一個男人、他的妻子，還有妻子上了年紀的母親，加藤太太。她從早到晚都在自言自語。她總穿著一件有花卉圖案的粉紅色家居服和很小的白色便鞋，並且拄著拐杖。晚上吃過飯後，男孩經常看到她提著一個柳條編織的小行李箱站在房門口，努力想著回家的路。是要在沃德路左轉，然後到樹林街右轉？還是在沃德路右轉，到樹林街再左轉？還有，路牌到底什麼時候被拆光了？是誰的爛點子？她應該繼續等公車嗎？還是要直接用走的？等她終於到了以後，又要怎麼辦？

「黃水仙，」男孩溫柔地對她大聲說道。

「對喔，沒錯。我要記得種下黃水仙。圍籬也還沒修補。」

她說她能聽見她母親在遠方呼喚她，但最近母親的聲音變得愈來愈遠了。

「我想那是意料中的事，」她說。

她說：「算了，」又說：「就這樣吧。」

她說：「這個地方怪怪的，但我說不出是哪裡怪。」

她說：「這裡每個人看起來都好嚴肅。」

在食堂裡刷洗鍋子的男人，原本是舊金山一家進出口公司的銷售經理。守衛原本在艾沙利度開了家小苗圃。廚師一直都是廚師。**廚房就是廚房，對我來說都一樣。**女服務生原本是亞瑟頓某個富裕家庭的留宿女傭。**孩子們還是會每週寫信給我，問我什麼時候回家。**站在公廁前大喊著「哈利路亞，哈利路亞」的男人，原本是奧克蘭街頭的遊民。**是他！是那個哈利路亞男！**那個整天除了玩賓果什麼事都不做的老太太在伊甸山的草莓園工作了二十五年，完全沒有休過假。**我來這裡很開心。比伊甸山還棒。不用做飯，不用工作，洗洗衣服就好。**

一天傍晚，男孩母親從盥洗室拖著一桶水回來時，遇到了以前的管家上野太太。「她一看到我，就把水桶從我手中拿去，堅持一定要幫我提回來。她還說：『不然妳又會傷到背。』我試著對她說她已經不再為我工作了。我說：『上野太太，我們大家在這裡都是平等的。』但是她當然不聽我的話。我們回到營房時，她把水桶放在大門旁邊，對我鞠躬，然後匆匆走入黑暗中。我連道謝的機會都沒有。」

「也許妳可以明天再謝她，」男孩說。

「我連她現在住哪都不知道。我甚至連今天禮拜幾都不知道。」

「媽媽，今天禮拜二。」

夜裡他會驚醒，大喊著，「我在哪裡？」有時候他感覺到有隻手放在他肩上，是他姊姊在告訴他，一切只是一場噩夢。姊姊會輕聲說：「繼續睡吧，小寶，」他便會繼續睡。有時候沒有任何回應。有時候他聽見風吹過鼠尾草的聲音，便想起自己在沙漠，但是他想不起自己在那裡多久了，還有為什麼會在那裡。有時候他擔心自己在那裡是因為他犯了天大的錯。但是當他嘗試回想可能會是什麼天大的錯，卻又想不出來。任何事都有可能。也許是昨天的事——把姊姊鉛筆上的橡皮擦咬掉了才放回筆筒——又或者是很久以前的事，現在才讓他得到報應。沒有理會一封從阿拉斯加朱諾市寄來的連鎖信。奄奄一息的寵物金魚還沒真的死，就把牠沖進馬桶。忘記在冰販的車子經過時摸三下帽架。有時候他以為自己在做夢，而且很篤定在他醒來時，父親會在樓下廚房裡，一邊用口哨吹著〈來跳舞吧〉，一邊用煎鍋做早餐。「早餐好囉，冠軍，」父親會這麼說，「一份挖洞吐司蛋。」

他姊姊有細長的雙腿和濃密烏黑的頭髮，戴著一支曾屬於他們父親的法國金錶。她只要出去外面，就會戴上一頂寬邊巴拿馬帽，以免臉被太陽曬黑。「如果臉太黑，」她對男孩說，「就沒人要看你了。」

「反正我本來就沒人看，」他回答道。

深夜熄燈後，姊姊對他說了一些事。她說，在圍籬外有一個乾河床和一座廢棄的冶煉廠；此外在沙漠邊緣有鋸齒狀的藍色群山，高聳入雲。那些山實際上比看起來還要遠。沙漠中凡事都是如此。只有水除外。「水啊，」她說，「只是幻影罷了。」

一個根本不存在的幻影。

那幾座山名叫大鼓山、小鼓山、蛇嶺、紅寶山。最近的城鎮是德爾塔。

她說，在德爾塔可以買到柳橙。

在德爾塔有茂盛的綠樹、騎腳踏車的金髮男孩，以及有陽臺的旅館；那裡的服務生會端上用小紙傘裝飾的冰涼飲料。

「還有呢？」男孩問。

她說，在德爾塔有樹蔭。

姊姊告訴他，曾經有一座遠古鹽湖涵蓋整個猶他州和一部分的內華達州。她說那是好幾千年前的事，發生在冰河時期。當時沒有圍籬。也沒有名字。沒有猶他州。沒有內華達州。只有好多好多的水。「而我們現在的位置呢……」

「怎樣？」

「在六百呎深的地方。」

他一整夜都夢到水。永無止盡的下雨天。溢流的運河、河流與小溪，湍急地湧向大海。他看見那座遠古鹽湖浮在沙漠的地面上方。湖面平靜，顏色碧藍。和玻璃一樣光滑。他在蘆葦叢中漂流，魚游過他的指間；當他從水中往上看時，太陽只不過是個在他上方一億哩處晃動的白點。

早上他醒來時非常想喝可樂。一杯就好，要加很多冰塊，還要插一根吸管。他會慢慢啜飲。他會喝上很久很久。

一週。甚至一年。

從新墨西哥州羅茲堡寄出的信每隔幾天送來一次，送到時總是破破爛爛的。有時候審查員會用刀片裁掉完整的句子，信根本讀不通。有時候送來的信很完整，但是內容有一半被塗黑。總之，每封信最後的署名都是「愛你的爸爸」。

羅茲堡是個晴朗的好地方，位於墨西哥邊界北面一片廣闊的高地平原上。他父親在信裡是這樣描述的。**這裡沒有樹，但是夕陽很美；在晴朗的日子還能看到遠方隆起的丘陵。食物既新鮮又豐盛，我的胃口也很好。雖然天氣還很熱，我已經開始在每天早上沖冷水澡，多做點準備應付冬天。請來信告訴我你現在喜歡什麼。你還喜歡棒球嗎？你姊姊好不好？你有沒有死黨？**

男孩依然喜歡棒球，對非法之徒很感興趣。他在二十二號交誼廳看過一部關於道爾頓幫的電影——《道爾頓風雲》。他姊姊在食堂的吉魯巴舞比賽中得了第二名。她總把頭髮綁成馬尾。她過得很好。男孩沒有死黨，但是有一隻寵物陸龜，養在一個裝滿沙的木盒裡，就放在營房的窗戶旁。他沒有幫陸龜取名字，倒是有用他母親的指甲銼將他們家的識別號碼刻在龜殼上。晚上他會為木盒蓋上蓋子，並且在蓋子上擺一塊扁平的白色石頭，以免陸龜逃脫。有時候，在夢裡，他能聽見陸龜爪子扒著盒子的聲音。

他沒有對父親提起陸龜爪子亂扒的事。他沒有提起他的夢。

他說的是：**親愛的爸爸，猶他州也很晴朗。食物還不錯，我們每天都有牛奶可以喝。我們在食堂裡為山姆大叔收集釘子。昨天我的風箏卡在圍籬上。**

圍籬的規定很明瞭：不能從上面越過圍籬，不能從下面鑽過圍籬，不能繞過圍籬，不能穿過圍籬。

要是風箏卡在圍籬上呢？

簡單，就不要管風箏了。

語言也有規定：**在這裡我們說餐廳，不說食堂；安全委員會，不是國安警察；居民，不是撤離者；最後這點同樣很重要，是滿意度，不是士氣。**

食物也有規定：除了牛奶和麵包以外，不提供第二份。

還有書：不能有日文書。

也有宗教的規定：不准信仰神道，崇拜天皇。

女孩說在羅茲堡，天空一直都是藍的，圍籬也沒有這麼高。只有當父親的人住在那裡。晚上他們可以看到星星。白天則會看到老鷹。

我們的父親並不崇拜天皇。這也是她說的。

「他會想到我們嗎？」男孩問。

「一直都想。」

他父親是個矮小英俊的男人，雙手纖細，食指上有一道凸起的白色疤痕，男孩小時候總愛親吻那道疤。「會痛嗎？」他曾經問過父親。「已經不痛了，」他父親回答。父親非常有教養。每當他走進一個房間，都會把身後的門輕輕關上。他向來很準時。他穿好看的西裝，從不會對服務生大呼小叫。他很愛吃開心果。他認為果汁是最理想的飲料。他喜歡塗鴉。他特別喜歡先畫一個方塊，然後再畫成立體的。**我想那可以說是我的專長**。男孩只要敲他父親的房門，父親都會抬起頭來看，露出笑容，並且放下手邊的事。「別害羞，」他會這麼說。他每天早晨上班前都會看《舊金山觀察家報》，而且他知道所有事情的答案。細菌有多小，魚什麼時候睡覺，琪蒂．麥肯齊移除鐵肺後到哪去了？**你不必再擔心琪蒂．麥肯齊了。她現在過得更好。她在天堂。我聽說她去的那天，他們為她開了一場盛大的派對。**他知道什麼時候不要去煩男孩的母親，還有怎麼向她要冰淇淋最有用。**不要太常問她，問的時候別讓她知道你有多想吃。不要低聲下氣。不要嘀嘀咕咕。**他知道哪些餐廳會供應他們午餐，哪些不會。他知道哪些理髮師會剪他們那種髮型。**當然是最優秀的理髮師。**有一次他對男孩透露，他最喜歡美國的地方就是糖霜果醬甜甜圈。**無敵好吃。**

他母親說，太陽令人老。她說陽光會讓人老化。她每天晚上睡前都會在臉上塗面霜。她會分配用量，彷彿在使用牛油，或是砂糖。那是旁氏面霜。她在他們離開柏克萊的前一天去藥局買了一大罐。「得讓它撐久一些，」她說。不過她已經快要把面霜用光了。「我應該事先準備的，」她說。「我應該買兩罐才對。」

「也許要買三罐，」男孩說。

她站在鏡子前，手指撫摸著額頭和脖子上的皺紋。「是光線的問題，」她問道，

「還是我有眼袋了？」

「是眼袋。」

她指著嘴角的一條皺紋。「看到這條了嗎？」

他點點頭。

「最近長出來的。你爸爸會不認得我是誰。」

「我會提醒他。」

「你告訴他……」她說著說著就不出聲了，她的心思飄到很遠的地方，而外面有一陣乾燥的熱風從南方吹來，吹過高地沙漠平原。

他會永遠記得那些沙塵。柔軟潔白，呈白土狀，像爽身粉。只是鹼會灼傷皮膚。使人流鼻血。令眼睛刺痛。讓人失聲。沙塵則會進到鞋子。頭髮中。褲子裡。口中。床上。

夢裡。

沙塵會滲入門底下、窗框周圍，還有牆上的裂縫。

他母親似乎整天都在掃地。每隔一段時間，她會放下掃把望著他。她會說：「我好想要我的伊萊克斯吸塵器。」

有一天晚上睡覺前，他在桌面的沙塵中寫下自己的名字。整夜下來，在他睡覺的同時，有更多沙塵透過牆壁吹進來。

到了早上，他的名字已經失去蹤影。

他父親以前都叫他小傢伙。父親也會叫他橡皮糖、花生米，還有梅子。「你絕對是我的第一名，」父親會這麼對他說，而且每當男孩從黑暗可怕的噩夢中尖叫醒來，他父親都會走進他房間，坐在他的床沿，撫平他短短的黑髮。「乖，小寶貝，」父親輕聲地說，「沒事的，我在。」

黃昏時天空變成血紅色，男孩的姊姊帶他出去沿著營房外圍散步，看夕陽沒入山裡。「看太陽，再看別的地方。再看太陽，再看別的地方。」姊姊告訴他，那是看太陽的正確方式。如果直視太陽太久，眼睛會瞎掉。

在漸暗的霞光暮色中，他們會把自己看見的東西指給對方看：一隻追著豪豬跑的狗、一個粉紅色的小貝殼、一副甲蟲的殼、一列在沙地上行進的火蟻。如果他們幸運的話，也許會看到那位葡萄牙女士和她丈夫坂本先生一起散步，或者那位包著白色頭巾的太太——他們聽說她的頭髮在火車上一夜掉光——又或是那個住在第七區，手臂萎縮的男人。如果他們非常幸運的話，手臂萎縮的男人或許還會舉起手——萎縮的那隻——向他們打招呼。

有天晚上，男孩在散步時伸出手抓住女孩的手臂。「怎麼了？」女孩問他。

他輕點手腕。「幾點，」他說。「幾點了？」

女孩停下腳步盯著手錶，彷彿她從沒看過那支錶似的。「六點鐘，」她說。

她的錶停在六點已經好幾週了。從他們走下火車那天起，她就沒再為手錶上過發條。

「你覺得我們家那邊的人在做什麼？」

她再看一次手錶，然後抬頭望著天空，似乎在思考。「這個時間，」她說道，「肯定是開心的吧。」然後她又開始散步。

他可以在腦海中看到那景象：日落時分的林蔭街道、墨綠色的草地、人行道；男孩在後院裡丟球，女孩在玩跳房子；戴著粉紅色隔熱手套的媽媽們把滾燙的砂鍋挪出烤爐，拿著閃亮黑色公事包的爸爸們衝進家門，大喊著：「親愛的，我回來了！親愛的，我回來了！」

每次他想起外面那個世界的時候，都是六點鐘。某個星期三或星期四。全美國的晚餐時間。

初秋時，農場招聘人員來營區徵求新工人，而戰爭安置局也批准許多年輕男女出去協助收割作物。他們有人北上愛達荷州去切甜菜頂。有人去懷俄明州採收馬鈴薯。有人去普若佛的帳篷城[1]採收桃子和梨子，收成季結束時就穿著全新的富樂紳皮鞋回來。有些人回來時還穿著當初離開時穿的那雙鞋，而且發誓再也不要出營區了。他們說自己被扔東西。吐口水。被拒絕進入餐館。電影院。布品店。他們說無論走到哪，櫥窗裡的標示都一樣：「日本鬼子不得進入。」他們說，在圍籬裡面的日子比較好過。

那雙鞋是黑色的牛津鞋。男鞋，八號半，特窄型。他從行李箱拿出皮鞋套在手上，手指壓進父親腳趾留下的平滑橢圓形壓痕；然後他閉上眼，嗅聞自己的指尖。

今晚聞起來沒味道。

上週他的手指還有父親的味道，但是今晚父親的味道不見了。

他用衣袖擦拭皮革，然後將鞋子放回行李箱。外頭一片黑暗，營房的窗內有燈亮著，窗簾後有人影在移動。他納悶父親此刻在做什麼。也許正準備上床。洗臉。或者刷牙。在羅茲堡有牙膏可用嗎？他不知道。他得寫信問父親。他躺到床上，拉起毯子。他能聽見母親在黑暗中輕聲打呼，還有一隻孤單的郊狼在南方的丘陵上對著月亮嗥叫。他納悶同一個月亮會不會出現在羅茲堡，或是倫敦，甚至中國；中國的男人都穿著小小的黑色便鞋。他的結論是會，視雲量而定。

「同一個月亮，」他對自己輕聲呢喃，「同一個月亮。」

夜裡睡不著的時候，他喜歡去想他們離開的那棟房子。他依然能非常清楚地回想他以前的房間：牆上的「一個世界，一場戰爭」地圖、床底下散出來的《拳王喬．帕洛卡》漫畫、前年夏天母親為他縫製的牛仔與印第安人窗簾在和風中輕輕翻飛。他會往窗外看，看到父親在樓下院子用長木筷將毛毛蟲一一從荷蘭豆植栽上夾起。他會看到庭院中覆滿青苔的石燈籠，還有仰頭對天大笑的圓胖佛像。他會看到他那臺寬輪胎的史溫牌紅色腳踏車靠在門廊邊；天氣好的話還會看到伊莉莎白．摩加納．羅斯福在白色柵欄的另一邊，和她的小狗在陽光下玩耍。

伊莉莎白有一頭金黃色長髮和一隻名叫小蓮的獅子狗；她和羅斯福總統沒有任何關係。他們離開的前一天，伊莉莎白來他們家，把她從海裡撿來的藍色幸運石給了他。那顆石頭又平滑、又圓、又硬，很像鳥蛋。也像一顆完美的藍眼珠。「等你回來，」她說，「我們就去海邊。」

他把那顆藍色石頭塞進口袋，帶到了坦夫蘭賽馬場的安置中心。每天晚上，在畜欄裡，他睡覺時都把那顆石頭放在枕頭下。到了夏末，政府命令他們遷到內陸，他也帶著那顆石頭搭上往猶他州的火車。他答應過伊莉莎白，一下火車就會寫信給她。

他們下火車已經好一陣子了，但他連一個字都沒有寫給伊莉莎白。儘管如此，她的信還是不斷寄來。在他以前的朋友中，只有伊莉莎白記得要寫信。她在信中告訴他柏克萊實施燈火管制，還有肉類和奶油短缺的事。她說她父親成了空襲民防隊員，母親也不穿絲襪了。她說葛瑞格．邁爾的哥哥在珊瑚海海戰中被擊落[2]，現在邁爾家正面的窗戶裡有顆閃耀的金色星星。[3]她告訴男孩，她看過一些在城裡修船廠工作的奧仔[4]在電影院排隊。她說，那些人真的都穿牛仔靴。她還寄東西給他。一匹種馬騰躍的圖片，是她在海軍慈善馬術表演會看到的。一本謎語書。一顆鬱金香球根；男孩將它命名為葛洛莉亞，種在一個生鏽的舊桃子罐頭裡。那個罐子是他在食堂後面撿到的。

他心想葛洛莉亞不知是否還活著，畢竟埋在那麼多沙土下——「壓緊，用力壓，」他姊姊當時這樣說——如果葛洛莉亞活下來了，又是否能撐到春天？

一段以前的回憶：男孩的姊姊放學回到家時，她的新跳繩拖在後面的人行道上。「他們讓我甩繩子，」她說，「但是不肯讓我跳。」她把跳繩剪碎，丟進常春藤裡，發誓再也不要跳繩了。

他們每週都聽到新的傳聞。

男人和女人會被分到不同營區。他們要接受絕育手術。他們會被剝奪公民資格。他們會被帶去公海槍決。他們會被丟到無人島等死。他們全都會被遣送到日本。他們永遠不會獲准離開美國。他們會成為人質，直到每一個美國戰俘都平安返家。戰後他們會立刻交由中國人看管。

那些人告訴他們，把你們帶來這裡，是為了保護你們。

這都是為了國家安全利益。

這是軍事需要的問題。

這是他們證明忠誠的機會。

學校在十月中開學。上課地點在第八區末端一棟沒有暖氣的營房，有時候早上冷到讓男孩感覺不到自己的手指或腳趾，他呼出的氣也變成一小團白煙。課本必須共用，紙筆也經常短缺。

每天早上在山景小學，他都將手擺在心口上，背誦〈效忠誓詞〉。[5]他唱出「噢，美麗的美利堅，遼闊的天空」和「為你，我的國家」[6]，並且在聽見自己名字時大聲喊出「有！」他的老師是狄蘭尼女士。她留著一頭棕色短髮，皮膚光滑白皙；丈夫名叫漢克，是海軍士官。漢克每週都會從太平洋前線寄一封信給她。有一次，甚至寄了一條草裙。「我什麼時候才會穿上草裙？」她在課堂上問道。

「明天怎麼樣？」

「學校放假後也行。」

「現在就穿！」

開學第一週，他們學到了妮娜號、平塔號、聖瑪利亞號這三艘船的事蹟，還有史廣多和普利茅斯岩朝聖者的歷史。[7]他們在有畫線的紙上，整潔地用書寫體寫出每個州的名字。他們玩吊死鬼猜字遊戲和二十個問題。[8]下午的時事課上，他們聽狄蘭尼老師朗讀報紙。**第一夫人在倫敦訪問英國女王。俄國人還堅守在史達林格勒。日本鬼子在瓜達康納爾島增加兵力。**

「那緬甸呢？」男孩問道。

老師告訴班上同學，緬甸的情勢很嚴峻。

深夜裡他聽見有人開門和在地上走的聲音，然後他姊姊就突然出現在窗邊，脫到一半的洋裝翻過她頭上。

「你睡了嗎？」

「只是在休息。」他聞得到姊姊的頭髮、沙塵，還有鹽的味道。他知道姊姊在黑夜裡出門了。

「想我嗎？」她問道。「收音機關小聲點。」她說。「我今天晚上玩賓果贏了五分錢。明天我們去福利社請你喝可口可樂。」

男孩說，「我想喝。我真的好想喝。」

她躺到弟弟身邊那張床上。「跟我說說話，」她說。「告訴我，你今晚做了什麼。」

「我寫了一張明信片給爸爸。」

「還有呢？」

「還舔了一張郵票。」

「你知道最困擾我的是什麼嗎？我有時會記不起他的臉。」

「他臉圓圓的，」男孩說。然後他問姊姊要不要聽音樂，她說好——她每次都說好——於是他把收音機轉到大樂隊頻道。他們聽到小喇叭聲和鼓聲，然後是班尼．古德曼的單簧管與瑪莎．蒂爾頓唱著，「往事歷歷，有時我覺得我會哭……」

在那個夢裡，總是有一扇美麗的木門。那扇美麗的木門非常小——就是一個枕頭，哎，或一本百科全書那麼大。在那扇小而美的木門後面還有第二扇門，而第二扇門後面是一張天皇的照片，所有人都不准看那張照片。

因為天皇是至聖，是上天派來的。他是神。

不可以跟他對上眼。

在那個夢裡，男孩已經打開第一扇門，手放在第二扇門上。他確信自己馬上就要見到神了。

只是每次都會出差錯。門把掉落。或者門卡住。或者鞋帶鬆掉，他必須彎下腰去綁。又或是某個地方有鐘在響——內華達州某處，或者貝里琉，也或者只是塞班島某個愚蠢的鑼在噹噹響——而夜晚愈來愈冷，龜爪亂扒的聲音變小了，比以往都還小聲。此時是十月，他離家千里遠，而他父親也不在。

那些人來抓他時，才剛過午夜。三個穿西裝、打領帶、戴黑色費多拉帽、大衣內袋放著聯邦調查局識別證的男人。「去拿牙刷，」他們說。當時是十二月，珍珠港事件剛發生，他們一家還住在柏克萊大街上那棟離海不遠的白色房子裡。聖誕樹裝飾好了，整個屋裡都是松樹的味道，男孩從他房間的窗戶看那些人帶著他身穿浴袍和拖鞋的父親出去，踏過草地，走到停在人行道旁的黑色汽車。

在那之前，他從沒見過父親沒戴帽子就出門。最困擾他的就是這件事。沒戴帽子。還有那雙拖鞋：既破舊又褪了色，橡膠鞋底的邊緣還捲起來。要是他們讓他父親換上外出鞋，事情也許會有所不同。但是他沒有時間換鞋。

去拿牙刷。

快點，快點，你得跟我們走。

我們只是要問妳先生幾個問題。

上車，爸爸桑。

然後，男孩記得看見隔壁房子裡的燈亮起來，有幾張臉貼在窗戶上。其中一張是伊莉莎白的臉，他很確定。

伊莉莎白．摩加納．羅斯福看到他父親穿著拖鞋被人帶走了。

到了早上，他姊姊走遍整棟房子，想找出他們父親最後坐的地方。是那把紅色的椅子嗎？還是沙發？他的床邊？她把臉貼在床罩上嗅聞。

「是我的床邊，」他們的母親說。

那天晚上，她在院子點起火堆，燒掉所有從鹿兒島寄來的信。她燒掉自己十九年前從日本帶來的家人照片和三套絲綢和服。她燒掉歌舞伎的唱片。她撕毀太陽旗。她摔碎茶具和伊萬里燒瓷盤，還有男孩舅舅的裱框肖像；他曾經是日本皇軍的將領。她把算盤摔毀，並且丟進火堆。「從現在開始，」她說，「我們用手指算數。」

隔天，她頭一次讓男孩和他姊姊在午餐盒裡帶著花生果醬三明治去上學。「不能再帶飯糰了，」她說。「如果有人問起，就說你們是中國人。」

男孩點點頭。「中國人，」他低聲說道。「我是中國人。」

「那我呢，」女孩說，「就是西班牙王后。」

「妳做夢，」男孩說。

「在我夢裡，」女孩說，「我是國王。」

在中國，男人都把頭髮紮成一條長辮子，女人則用畸形的小腳蹣跚而行。在中國，有人窮到不得不把新生兒拿去餵狗。在中國，早餐都是吃草，午餐吃貓肉。

那晚餐呢？

在中國，晚餐都是吃狗肉。

關於中國，男孩知道的就是這些寥寥數件。

後來，他在街上看到中國人，真正的中國人——老李雜貨店的李先生，還有夏塔克街那家洗衣店的老闆王堂——別著上面寫有「我是中國人」和「中國人，謝謝」的徽章。後來，有個男人在沃爾沃斯商店前的人行道攔下他並說：「老中還是日本鬼子？」男孩回答「老中」之後便以最快的速度跑走。他一直跑到街角才轉身大喊：「日本鬼子！日本鬼子！我是日本鬼子！」

只是要把話說清楚。

但是那個男人已經走了。

後來，有了時間的規定：日本人晚上八點後不得外出。

還有空間：日本人不得離開住家超過五哩。

再後來，金門公園裡的日本茶園被改名成東方茶園。

又後來，城裡到處都張貼寫著「針對所有日裔民眾之指示」的告示，於是他們打包物品，他們離開。

整個十月的天氣都還很溫暖，和夏天一樣，但是夜裡溫度計的水銀會降低，早上偶爾會看見鼠尾草結了霜。一週有兩次沙塵暴。天空突然變灰，然後一陣熱風呼嘯著席捲過沙漠，沿途翻天覆地。男孩從營房中看不見太陽或月亮，甚至看不見隔著石子路的下一排營房。他看到的只有沙塵。強風撼動門窗，沙塵也彷如煙霧，從屋頂裂縫滲進來；晚上他把溼手帕蓋在嘴巴上睡覺，以免聞到那股味道。早上他醒來時，溼手帕已經變乾，他口中都是粉筆的沙石味。

沙塵暴一次會吹襲好幾個小時，有時候甚至好幾天，然後突然停止，就和開始時一樣突然。有幾秒鐘的時間，整個世界一片寂靜。接著會有個嬰兒開始哭，或者有條狗開始吠叫，天上還會神祕地出現一群不知道從哪裡冒出來的白鳥。

第一場雪降下，融化，然後下了雨。鹼性土不能吸水，所以地面很快就變成一片泥濘。石子路上出現黑色水窪，學校也關閉整修。

現在男孩無所事事，日子又長又空虛。他用大大的紅色叉號逐日劃去月曆上的每一天。他練習高難度的溜溜球特技：環遊世界、帶狗散步、土耳其大軍。他收到一封父親的來信，寫在印有線條的薄紙上。**羅茲堡當然有牙膏可以用。不然你覺得我們要怎麼刷牙？**他父親謝謝他寄去的鹽湖城大禮拜堂明信片。他說他過得很好。一切都很好。他確信他們很快就會再見到彼此。乖乖聽你媽的話，他寫道。要有耐心。**謹記，大丈夫能屈能伸。**

他一次都沒有提起過戰爭。

父親答應過要帶他環遊世界。他說他們會去埃及，登上金字塔。他們會去中國，在萬里長城上好好散個步。他們會去巴黎的艾菲爾鐵塔、羅馬的大競技場，還會在夜晚伴著星光，搭著黑色的貢多拉木船遊遍威尼斯。

「天上的明月，」他唱道，「屬於你和我……」[9]

聯邦探員來家裡的隔天，男孩在浴缸裡發現幾撮父親的頭髮。他把那些頭髮裝進信封，把信封放在他床下那塊鬆動的地板下並答應自己，只要他不去檢查信封還在不在——**不能偷看**，這是他的規定——父親就會好好的。不過最近他開始會每晚在營房醒來，確信那個信封不見了。「我應該把它帶走的，」他自言自語。他擔心現在有很多邋遢的人住在他以前的房間，一天到晚打牌，還把黏黏的咖啡色飲料灑得到處都是。他擔心聯邦探員又回去搜查違禁品。**我們忘了搜地板下面**。他擔心戰爭結束後再見到父親時，父親會疲倦得無法和他在樹下玩接球。他擔心父親會變成禿頭。

他們時常聽到有關間諜的傳聞。大家私下都在說，瀧澤是政府的線人。可能是韓國人。不能信任。**所以說話要小心**。山口跟主管單位的關係很好。石本有天深夜在公廁後面被三個拿鉛管的蒙面人攻擊。**有人說他向聯邦調查局告發支持日本的不忠人士**。

「我最懷念什麼？晚上樹木搖曳的聲音……還有，巧克力。」

「還有梅子，媽媽。妳懷念梅子。」

「對喔，我很懷念梅子。我永遠都會懷念梅子。」

「也許不至於到永遠。」

「的確，也許不會。不過有件事一直很困擾我。」

「什麼事？」

「我走的時候，門廊燈是開著還是關著？」

「開著。」

「還有爐灶。我有沒有記得關掉爐火？」

「妳都會關火。」

「是嗎？」

「每次都會。」

「我們家有爐灶嗎？」

「我們當然有爐灶。」

「對喔。是瑋緻活的。你知道，我以前廚藝很強。」

男孩慢慢轉著旋鈕。他聽到鹽湖城電臺播放的風琴樂曲。然後是倫巴舞曲。一個搖擺樂團。一支費雪醫師腸道蠕動藥的廣告。「各位，」一個男人問道，「您早晨會不會覺得頭痛無力？」「不會，」男孩說。接著開始報新聞，西區特遣隊正在摩洛哥登陸，中區特遣隊在奧宏[10]；在太平洋島嶼，美軍則是遍地死傷。

他閉上眼，想像自己在索羅門群島跟漢克及盜匪[11]對抗。或者駕駛偵察機飛越民答那峨島。也許他會在雷伊泰島上空被直接擊中而必須彈射逃生。他會撐著一張著火的絲質降落傘緩緩飄到地上，安全降落在樹叢中，或者一片白色沙灘上，而麥克阿瑟將軍會涉水上岸，頒給他紫心動章。將軍會說，「你盡力了，孩子。」然後和他握手。

現在女孩脫衣服時——每次她都會快速轉動手腕，雙臂交叉，黃色洋裝翻過她頭上，有如反向的降落傘——都會叫他別過頭。她對男孩解釋四季和冬眠。她說她隨時會流血。「會紅通通的，」她說道。她告訴男孩，增田富蘭克林的香港腳很嚴重——「他有讓我看」——以及有人把新生兒放在第二十九區的一個垃圾桶裡。

「香港腳是什麼樣子？」男孩問。

「你不會想知道。」

「我很想。」

她說木村太太其實是男人，第十二區有個女孩被人發現裸體和一個衛兵躺在一輛卡車的車廂裡。她說所有真實的事情都只在夜晚發生。

男孩說：「我知道。」

一天晚上，他看到姊姊蹲在他的窗戶外側下方，手拿著一根食堂的湯匙。

「我要挖洞去中國，」她說。她身旁的地上是那隻陸龜。牠的頭和腳都縮在殼裡，一動也不動。已經好幾天沒動了。死了。是我的錯，男孩心想，但他沒有對任何人說。夜復一夜，他躺在床上不睡，等待聽見爪子亂扒的聲音，但是只聽到一扇鬆開的門在風中砰砰作響。

她把陸龜擺進洞裡，用沙土把洞填滿，然後把湯匙深深插入土中。「我們春天再把牠挖出來，」她說。「我們要讓牠復活。」

祂在那裡，在母親的床上方。耶穌。彩色的。四吋乘以六吋大小。那是一張別人從羅浮宮寄給她的畫作名信片。耶穌有明亮的藍眼睛和親切卻神祕的笑容。

「就像〈蒙娜麗莎的微笑〉，」女孩說。

男孩覺得祂長得比較像狄蘭尼老師，只是頭髮比較長，而且頭上有光環。

耶穌的眼中充滿奧祕且閃爍著喜悅。有狂喜的感覺。祂曾經死過——「為了你們，」男孩的母親說，「為了你們的罪惡」——然後升天。

女孩說：「嗯。」接著又說：「真是棒極了。」

深夜裡，黑暗中，他能聽見母親禱告。「我們在天上的父……」

而清晨日出時，牆的另一邊則會傳來隔壁那個男人的誦念。「Kokyo ni taishite keirei」。

向皇居敬禮。

現在，每當他想起他父親，都會想到日落時分的父親倚著一根圍籬柱，在羅茲堡的危險敵國人營區。「我爸爸是不法之徒，」他低聲說。他喜歡那個詞的音。不法之徒。他想像父親穿著牛仔靴、戴著黑色史泰森牛仔帽，騎著一匹名叫白霜的駿馬。也許父親趕過一些牛，或者搶過銀行，或者搶劫過驛馬車，甚至——和道爾頓兄弟一樣——搶過一整列火車，現在他只是在和其他的匪徒一起服刑。

男孩會想著這些事，然後那個景象會突然浮現在他眼前：他父親穿著浴袍和拖鞋，被人領著走過草地。**上車，爸爸桑**。

他隨時會回來。隨時。

就說他出去旅行了。

嘴巴閉著，什麼也別說。

待在裡面。

別離開家裡。

只能在白天出門。

不要用日語講電話。

不要聚集在一個地方。

在城裡遇到其他日本人時，不要用日本的習俗鞠躬問候對方。

記著，你在美國。

要用美國的方式，握手問候他。

其他人的父親都不是穿著拖鞋被帶走的。岡田班的父親被捕時正在草地上練習揮桿，穿著高爾夫球鞋。豐島伍卓的父親被捕時在阿拉米達參加一場佛教婚禮，穿著黑色翼紋雕花鞋和租來的燕尾服。澤田糖糖那個在一戰中失去了一隻腳和部分記憶的父親——澤田太太總是親切地眨眼，微笑說那都是最不好的記憶——當時喝醉了，穿著單腳的黑色靴子，被拖走前還先向東方鞠躬，揮舞著拐杖大喊：「Banzai！Banzai！Banzai！（按：日語的萬歲）」

有時候男孩用田中湯米的父親安慰自己；聯邦探員在他家庭院當場逮到他時，他穿著白色五趾襪和一雙舊木屐，正在修剪去年的菊花梗。

男孩判斷，木屐比拖鞋還糟糕。

糟多了。

「有時候，」他母親說，「我會抬頭看時鐘，時間是五點半，而我很確信他正在從辦公室回家的路上。然後我會開始慌張。『這麼晚了，』我心裡會這樣想。『米早該下鍋了。』」

那些樹突然在十一月下旬的一個晴天出現，事前沒有任何徵兆。它們是柳樹苗，用平板車從某個很遠的地方運來。也許是山上。或者是某條河的河岸。某個有水的地方。每一區的男人都在食堂前種了一整天的樹，也以相等的間隔種在防火道兩旁。他們寬面的鏟子在陽光下扭轉閃耀，而他們的眉毛上都是汗水。

大家忙完後，男孩趁著沒人看到，從樹上摘了一小片綠葉並塞進口袋。隔天早上他把葉子裝進信封，寄去羅茲堡。

「土的鹼性太重了，」他母親說。「那些樹活不過冬天的。」她穿著睡衣站在窗邊，慢慢梳理頭髮。外面下起雪來。兩道探照燈光在黑暗中交錯，呈扇形照到圍籬外，然後熄滅。幾秒後，探照燈又亮了。她從頭上拔出一根白髮，並讓它落到地上。「我早上再把它掃掉，」她說。然後她轉向男孩。「我在火車上掉了一個耳環。我有跟你說過嗎？」

他搖頭。

「耳環是在普若佛到尼非之間掉落的。從那之後我一直覺得不太對勁。」

他看著母親將頭髮扭成一束，固定成一個髮髻。她的頭髮在燈光下又黑又亮，但是她的眼睛很疲憊。「妳看起來還不錯，」他說。他不記得母親在火車上有戴耳環。他母親的眼睛閉上片刻，然後睜得很開。「不知道耳環跑哪去了。」

「是什麼樣子？」

「是珍珠的樣子，」她說。「那就是一顆珍珠。」

「也許它滾到座位後面了。」

「也有可能……」她說，「消失了。有時候東西就是會不見，找不回來。也拿它沒辦法。」

男孩從地上撿起那根白髮，舉起來對著燈光。她看看男孩，又看看他手中那縷她的頭髮；然後她關了燈，他們就靜靜站在黑暗中，看著雪落在黑色的營房屋頂上。雪很潔白，在強風中紛飛。「我一開始就不該戴那對耳環，」她在過了一段時間後說道。「完全不該。」

到了早上，雪已經化成泥濘，一陣刺骨寒風從瓦沙契山脈吹下來。「穿暖一點，」他母親說。她撕下幾頁西爾斯百貨的目錄，塞進牆上的裂縫裡。她用罐頭的蓋子蓋住木板的節孔。她從偶爾會出現在路中央的煤堆帶回好幾桶的煤塊，在爐子升火。戰爭安置局宣布要分發一戰剩餘的軍用物資時，她排了兩個小時的隊，帶回耳罩、帆布綁腿，還有三件四十四號的海軍大衣。

男孩穿上一件大衣，望著自己在破鏡子裡的倒影。他的頭髮很長，沒有梳理；他的臉曬成了深棕色。大衣長過他的膝蓋。他瞇起眼睛，凸出兩顆門牙。模仿起帶著日語口音的英語。

我向國旗宣誓效忠……

矮子，你是怎樣？

對不起，真的很對不起。

他把大拇指戳過羊毛衣料上的一個洞。「蠹蟲，」他說。

「我看是子彈吧，」女孩說。

他們的母親拿出一根針和一捲不掉色的黑線。又拿出一枚頂針。「我們來瞧瞧吧，」她說。

溫度掉到華氏十度。五度。有幾次是零下二十度。冰壓彎了柳樹細瘦的黑色樹枝，曬衣繩上的床單也凍結在被風吹動時的怪異形狀。**它們是冰凍的白色船帆**，男孩心想。有時候風從四面八方同時吹來，男孩走路必定跌倒。小鳥迷了路，從天上掉落。饑餓的郊狼從帶刺鐵絲網下面悄悄鑽進來，和流浪狗搶奪廚餘。有個男人失蹤，三天後在山區西方十哩處被人發現，已經凍死了。據說他的面容祥和，帶著微笑，眼睛是閉上的。他只是躺在星空下睡著了。他的頭枕著一塊摺得方正的紅布，是已經破爛的絲綢。他手中抓著水桶的馬口鐵提把。他們無法鬆開他的手指，拿出提把。

女孩站在破裂的鏡子前，盯著她下巴上的紅點。她不停觸摸那顆紅點。她說：「心肝，來親親。」她又說：「親一下就好。」然後她皺起眉頭並露出牙齒。她的牙齒又小、又亮、又圓潤，宛如閃閃發光的堅硬寶石。

男孩輕敲她的手臂。

「怎樣？」她說道，但不是對著男孩說。她是對著自己在鏡中的倒影。「怎樣？怎樣？怎樣？」

「馬肉。」

「怎樣？」

「馬肉是從哪來的？」

她噘起嘴唇。「從馬身上來的。」

「哪一種馬？」

她看著鏡中的男孩。「死掉的那種。」

男孩將鏡子翻面，讓它對著牆壁。

她走到窗邊，朝被風吹襲的黑色營房後方看去。遠遠的，在圍籬外面，巨大的風滾草正緩慢地滾過凹地。她解釋說，有些馬肉來自賽馬場。如果有馬因為斷腿而倒下，他們會在比賽結束後殺死牠，再送去罐頭工廠。不過大部分的馬肉都來自野馬。「他們在沙漠中圍捕野馬，」她說，「然後射殺。」她問男孩記不記得他們透過火車車窗看到的北美野馬，他說他記得。那些馬有長長的黑色尾巴和平滑的深色鬃毛，他看著牠們在月光下飛馳過滿是沙塵的平原，後來還連續三晚夢見牠們。

「就是那種馬，」女孩說。

凌晨三點。熟睡期。不會做夢的時刻。男孩躺在黑暗中睡不著，擔心著他留在家裡、用鏈條跟柿子樹綁在一起的腳踏車。輪胎還有沒有氣？輪幅有沒有生鏽，還塞滿雜草？鎖頭的鑰匙還藏在工具間嗎？

然而他最煩惱的還是那個馬口鐵小車鈴。他父親還沒有將車鈴牢牢固定在把手上。「我明天會鎖上螺絲，」他說過。這是好久以前的事了。這是好幾個月以前，空氣中還有樹木和剛修剪過的青草味，玫瑰花也才剛開始綻放。

「你一直都沒鎖，」男孩低語。

他很篤定，現在那個小車鈴已經不見了。

十二月七日那天，離我上次見到你就要滿一年了。我每天晚上睡前都會讀你的信。這裡的冬天到目前為止都很暖和。今天早上我在黎明時醒來，欣賞了日出。我看見一隻白頭鷹往山區飛去。我很健康，每餐飯後都會運動半小時。

請好好保重，多幫忙你媽。

他被捕後整整四天，他們都不知道他在哪裡。電話沒有響——聯邦探員剪掉了電話線——他們也無法從銀行提領現金。「你的帳戶被凍結了，」銀行人員告訴男孩的母親。晚餐時她擺放四人份的餐具；每天晚上睡覺前，她都走到前廊，把大門鑰匙塞到菊花盆栽底下。「他知道要找哪裡，」她說。

第五天，她收到一封從舊金山移民拘留中心寄來的短信。**我還在等著開忠誠度聽證會。不知道何時輪到我，也不知道我還會在這裡待多久。已經有八十三個日本人被火車送走了。請盡速來看我。**她打包了一個小行李箱，裡面全是她丈夫的用品——衣物、毛巾、一套修容組、一副備用眼鏡、滴鼻劑、一塊雅麗香皂、一本急救手冊——並且搭了下一班越過舊金山灣的火車。

「他還穿著拖鞋嗎？」男孩在她回到家時問道。

她說他還穿著拖鞋，還有浴袍。她說他好幾天沒有洗澡和刮鬍子。然後她露出笑容。「他的樣子很像遊民，」她說。

那天晚上，她在餐桌上擺了三人份的餐具。

隔天早上，她把男孩父親所有的西裝都送去洗衣店，只留下一套：他在家的最後一個禮拜天穿的那套藍色細直條紋西裝。那套藍色西裝要繼續掛在衣櫃裡的衣架上。「他要我把那套西裝留在那裡，讓你們看了就想到他。」

但是男孩每次想到父親在家的最後一個禮拜天，都不記得那套西裝。他只記得那件白色法蘭絨浴袍。拖鞋。父親沒戴帽子的側影，框在那輛車的黑色窗戶中。父親頭抬得很高，紋風不動。直視著前方。前方，就是黑夜，父親隨著那輛車慢慢駛入黑暗。沒有回頭。一次都沒有。也不看看他是否在後面。

聖誕節。天空灰灰的。天氣冷得刺骨。食堂裡有幾棵松樹，裝飾著用馬口鐵罐剪成的星星，整個營區的廣播系統都在播放平．克勞斯貝唱的〈白色聖誕〉。晚餐吃火雞，每一區的小孩都收到貴格教會與美國友誼服務委員會發送的糖果和禮物。男孩拿到一把紅色的小瑞士刀，是住在俄亥俄州亞克朗的艾妲．利托女士贈送的。**願主永遠眷顧你**，她寫道。他很快就寄了一封感謝函給她，而且無論走到哪，都將那把刀放在口袋裡。他偶爾跑步時會聽見瑞士刀和那顆來自大海的藍色幸運石碰出聲音，然後他會開心片刻。他口袋裡裝的都是好東西。

冬天彷彿永無止盡。營區裡爆發流感和痢疾，煤也經常短缺。他們每個人只分到兩張軍毯，晚上男孩常常顫抖著入睡。他的手冷得發紅龜裂。老是喉嚨痛。他姊姊一早就離開營房，到深夜才回來。她總是匆匆忙忙的。她的臉頰凍得通紅。「妳要去哪裡？」「外面。」她每一餐都和朋友一起吃，從不和男孩或母親吃。她會抽菸。男孩能聞出她頭髮上的菸味。有一天他看到姊姊戴著巴拿馬帽在食堂排隊，卻好像完全不認得他。

對他而言，以前的生活現在似乎很遙遠，很難以接近，彷彿是一個他記不清楚的夢。那片綠油油的草地、那些玫瑰、那棟在大街上離海不遠的房子——都是另一年，另一段時光的事。

戰爭是誰占上風？誰在敗退？他母親早已不想知道。她已經停止關心每天的事。她不再看報紙或聽廣播的新聞快報。「報完了再跟我說，」她說。

有熱水的日子，她會去洗衣房用木頭洗衣板洗他們所有的衣服。沒熱水時她就無所事事。她沒有去醫務所應徵護理師助手的工作，也沒有去營區農場應徵計時員。她說工資——月薪十六塊錢——划不來。她沒有捐血給紅十字會，也沒有和其他母親坐在一起織羊毛襪和圍巾給那些在海外為自由而戰的美國大兵。

絕大多數的日子，她根本沒離開房間。

她坐在暖爐旁好幾個小時，一言不發。腿上放著一封寫到一半的信。一本闔上的書。她用一條厚羊毛圍巾包住頭保暖。穿著一條鬆垮的長褲。一件厚重的毛衣。晚餐鈴聲響起時，她猛然一驚，坐直身子。「發生什麼事？」她問。「是誰在那裡？」在她腦中，一直有人站在門外。**我們只是要問妳先生幾個問題**。她會盯著自己放在腿上的手，彷彿很訝異它們還在。「有時候我不知道自己是醒著，還是睡著了。」

「妳醒著，」男孩會對她這樣說。

她說她沒有胃口了。食物令她厭倦。「你去吃吧，我不去了，」她說。男孩從食堂帶吃的回來給她——整盤豆子、一堆醃漬捲心菜——並且將一把叉子塞進她手中。但是叉子還沒入口，她又停下來望著窗外。「怎麼了？」男孩問她。「跟我說妳想吃什麼。妳想吃米飯嗎？」

她說她不想吃米飯。她什麼都不想要了。什麼都不要。

但是她每隔一段時間便眼神恍惚，男孩知道她在想著別的地方。一個更好的地方。「一次就好，」她對男孩說，「我好希望在往窗外看時，看到的是大海。」

有一天她說她再也受不了了。風。沙塵。無盡的等待。隔壁夫妻的不斷爭吵。她把一條白色床單披在繩子上，說那是簾子。她隔著白色簾子躺在床上，閉上眼睛，然後入睡。她做夢了。夢到鹿兒島溫暖的夜晚、唧唧叫的鈴蟲，還有逐一隨著河水漂流的紅色紙燈籠。「我又變回了小女孩。夢裡我五歲，和父親一起釣鱒魚。」

「用哪種釣竿？」男孩問。「竹子做的嗎？」

好幾個月來頭一次，他好像看到她笑了。

「對，沒錯，」她說。「竹子。竹子。」

他母親出生的那棟房子有宣紙糊的窗戶和木頭拉門，榻榻米並排鋪在沒有地毯的木地板上。傍晚她會在稻田裡抓螢火蟲，然後把牠們裝在牛皮紙袋裡帶回家。她會整晚坐在書桌前，就著螢火蟲的微弱光芒練習寫漢字。

她說她有六個姊姊和一個弟弟，那個弟弟四歲時死於猩紅熱。「我現在還是每天都會想到他，」她說。她說每年她生日那天，她母親會做紅豆飯給她吃。「那是難得的享受，」她說完後便沉默不語。她閉上眼，一動也不動地躺在床上。她躺在那裡很久，緩慢地吞吐氣息。最後男孩也看不出她是醒著，還是睡著了。

他們離家去坦夫蘭的前兩天晚上，他曾幫忙母親把餐具埋在庭院那座大笑的胖佛像底下。當時是春天，土壤又黑又溼，還有很多蚯蚓。他看著蚯蚓在月光下蠕動。

「快點，」他母親說。

他拿鏟子去觸碰蚯蚓。有些蚯蚓被他砍成了兩半。然後月亮消失，下起一陣小雨，水從樹葉和樹枝滴下來，落到他母親的臉上。

但他現在想起來了，即使在下雨前，她的臉也已經溼了。

「我剛認識你爸爸的時候，一天到晚都想跟他在一起。」

「我懂妳的意思。」

「就算我和他分開才五分鐘，也會開始想他。我心裡會想，**他不會回來了。我再也見不到他了**。但是一段時間以後，我就不再這麼害怕。世事會改變。」

「我想是吧。」

「他被捕那天晚上，請我去幫他倒杯水。我們才剛要睡，而且我很累。我精疲力竭。所以我叫他自己去倒水。他說『下次我會自己倒』，然後翻過身去，馬上就睡著了。後來那些人把他帶走時，我心裡只想著，**這下子他會一直口渴了**。」

「他們在拘留所也許有讓他喝東西。」
「我應該倒水給他的。」
「妳又不知道會那樣。」
「即使到了現在，我夢中的他依然在找水喝。」

半夜時，男孩好像聽到某種聲音。是繩索規律地拍打在泥地上。他坐起來看向窗外，看見他姊姊穿著她那件黃色的夏季洋裝，在月光下跳繩。她的雙腿又細又長。她的膝蓋上有結痂。她的小腿有很多疤痕，是日夜不停吹來的砂礫留下的。男孩心想，她不應該穿洋裝。

他走到外面，站在門一邊的黑暗處。女孩沒有看到他，繼續跳著繩。首先是單腳，接著換另一隻腳，然後是雙臂交叉與張開，直到繩索突然卡到她的鞋子，絆住了她。她把腳往泥地上一跺，扔下繩子。「妳最好馬上進來，」他小聲說道。「會感冒的。」

女孩朝他看過來。「你站在那邊多久了？」

「很久。」

「我看起來怎麼樣？」

「很棒，妳很會跳繩。」

「我跳得很爛。我連拿著繩子都不配。」

他走到女孩站的地方，撿起繩子，盯著它看。繩子是白色的，已經磨損開花。那是一段曬衣繩，她一定是從曬衣桿割下來的。他想像一排白色床單飛到空中、飛出圍籬之外的景象。「妳最好馬上進來，」他又說了一次。

「我不在這裡。」

他沒回答女孩。

「我跳得很爛。」

「妳很差勁。」

「我最糟了。」

他把繩子遞給女孩。「拿著，」他說。

女孩抓住繩子的一頭，他則緊緊將另一頭拿在手中，慢慢領著女孩回到營房裡。

早上女孩醒來時發著高燒。他們的母親為她拿來一個裝滿水的馬口鐵杯，要她喝水，但是女孩不肯。她說她不渴。「我一口都不想碰，」她說。她掀開毯子，摳起膝蓋上的痂。男孩抓住她的手腕說：「不要摳。」她別過臉，看向窗外。有個穿粉紅色浴袍的女人拿著一個夜壺經過，走向公廁。「我們在哪裡？」女孩問道。「所有的樹都到哪去了？這到底是什麼國家？」她說她看到父親獨自一人走在路邊。「他要來接我們走。」她低頭看手錶，問說時間怎麼會變得這麼晚。「現在六點鐘，」她說。「他早該到這裡了。」

二月時，一群軍方招募人員來尋找志願兵，每個十七歲以上的男女都領到忠誠度問卷。

你是否願意在美國軍隊中服役，奉命去任何地方執行作戰任務？

住隔壁的男人回答「否」，結果跟他的妻子及岳母一起被送去圖勒拉克，和其他不忠者關在一起。隔年他們就搭著美國軍艦格瑞普斯霍爾姆號被遣返日本。

你是否宣誓無條件效忠美國、忠誠捍衛美國免於任何或所有外部或內部勢力的攻擊，並且發誓放棄以任何形式效忠或服從日本天皇，或者任何其他外國政府、勢力或組織？

「效什麼忠？」男孩的母親問道。她說她沒有什麼好發誓放棄的。她在美國已經將近二十年了。但是她不想惹麻煩——「槍打出頭鳥」——或者被貼上不忠的標籤。她不想要被送回日本。「我們在那裡沒有未來。我們在這裡。你們的爸爸在這裡。最重要的就是我們聚在一起。」

她回答「是」。

他們留下來了。

忠誠。不忠。效忠。服從。

「文字，」她說，「都只是文字罷了。」

生鏽的桃子罐頭裡，突然冒出一大片黃色。

男孩用手指不停地觸摸花瓣。「葛洛莉亞，」他低聲說道。這時是三月，晚上已經不會那麼冷了。蠍子又多了起來，土也開始變軟。女孩在營房窗戶下鏟起好幾匙的沙，卻找不到陸龜。「牠丟下我們離開了，」她說。

只是，柳樹沒有活過冬天。它們的樹液沒有上升。它們的枝椏依然光禿禿的。

女孩折下一根細枝，用牙齒咬住。「死了，」她說。

男孩偷偷責怪自己。**我不該摘下那片葉子……**

他又開始長時間散步，只是現在就他一個人，姊姊不在。他看到圍籬外面有雲影在沙地上飄動。遠方山頂上依然有少量的雪。偶爾有隻長耳大野兔經過他面前，或者有隻流浪狗叼著深色且毛茸茸的東西匆匆路過。角蟾跳過乾燥的白色石子。蜥蜴做著日光浴。而在沙漠中的某個地方，一隻獨行的陸龜正慢慢地、穩穩地向邊緣那條細細的藍色地平線前進。

有時候雨下完了，空氣中會突然充滿鼠尾草的強烈氣味。這時他母親會從床上起來，走到窗邊深吸一口氣。她會說：「鬼味道。」

四月一個溫暖的傍晚，有個男人在帶刺鐵絲網旁被射殺。當班的衛兵說那個男人企圖逃跑。衛兵說，他對那個男人大喊了四次，但是對方不理會他。死者的朋友說，他只是帶狗去散步罷了。他們說那個男人也許沒聽到衛兵叫他，因為他重聽。也有可能是風的關係。一個在事發後立刻到現場的男人則發現圍籬外面有一朵罕見且不尋常的花。他相信衛兵開槍時，他朋友正要伸手去摘那朵花。

葬禮上來了將近兩千人。棺材灑滿縐紋紙摺的花。大家吟唱聖歌。為死者遺體祈福。多年後，男孩會憶起葬禮時他站在母親身旁，一心想知道那個男人看到的到底是什麼花。

玫瑰？鬱金香？黃水仙？

如果他真的摘了那朵花，會怎樣？

男孩想像船艦爆炸、黑煙濃密、數百架B-29轟炸機在火焰中從天上墜落。**夥伴，只要走錯一步，你就死定了**。

高溫又回來了。太陽在天空升得愈來愈高。戰爭沒有結束。五月時，第一批志願兵離開營區前往道格拉斯堡，而第三十一區有個四歲女孩得了小兒痲痺症。

幾天後，路標出現了。營區突然有了榆樹街、柳樹街、白楊道。亞歷山卓大道貫穿東西，經過管理辦公室前方。夷藜道直接通往汙水泵。「看來我們短期內是不會離開這裡了，」男孩的母親說。

「至少我們知道自己在哪裡，」女孩說。

這樣他就知道哪裡可以找到我們了，男孩心想。

現在白天較長，陽光普照，已經好幾週沒有羅茲堡的來信了。

日子似乎一天過得比一天慢。男孩花好幾個小時在他房間裡面來回踱步。他數算自己的腳步。只要有黑暗的可怕想法——**他生病了，他死了，他被送回日本了**——企圖進入他腦中，他就閉上眼，逐一背出以前同學的名字。他問母親覺得下一封來自羅茲堡的信何時會到。明天會嗎？「明天是禮拜天。」那禮拜一呢？「我不指望這個。」如果他不再咬指甲，而且記得在人家第一次交代他時就把事情做完的話呢？每天晚上睡前都祈禱的話呢？就算捲心菜沙拉碰到餐盤裡的其他食物，他也全部吃光的話呢？「那樣也許會有用喔。」

夏天是一場漫長而炎熱的夢。每天早上只要一出太陽，溫度就開始飆升。中午時地面都下陷了。天空因高溫而變白，風又熱又乾。黃色的塵捲風襲捲過沙地。黑色的屋頂在陽光下曬得發燙。空氣中閃著微光。

男孩把小卵石丟進煤桶。他注視著別人的窗戶。他用他最喜歡的棍子在沙地上畫飛機和坦克。他在防火道用很大的字體寫出「ＳＯＳ」，但還沒有人看出他寫的是什麼，他就把那三個字母抹掉了。

深夜時他躺在床上無法入睡，渴望有冰塊，一瓣柳橙，一顆石頭，一個物品，任何物品都好，讓他吸吮，讓他解渴。此時是六月。或許是七月。是八月。月曆已從牆上掉落。馬口鐵時鐘也沒了滴答聲。時鐘裡的齒輪被沙塵卡住，不會轉動了。

他姊姊在她床上睡得很熟，母親則躺在白色簾子後面做著夢。他把一隻手伸進嘴裡。他口中有一顆鬆掉的臼齒，在上排最後面。他喜歡摸那顆牙。喜歡將它在齒槽中來回搖動。那個動作能撫慰他。有時候他會吃到血的味道，然後他會吞口水。他會自忖，那味道是鹹的，跟大海一樣。他能聽見夜裡遠方駛過的火車聲。重踩在沙上的馬蹄聲。一個馬口鐵小鈴鐺微弱的叮噹聲。

他會閉上眼睛。想著那是他。他在路上了。

他也許會騎馬回來。騎腳踏車。搭火車。搭飛機。搭著那輛曾經把他帶走的無標示警車。他也許會穿著藍色細直條紋西裝。紅色絲綢和服。草裙。頂著牛仔帽。光環。深灰色費多拉帽，帽簷還插著一根羽毛。也許他會摸一下它——那根羽毛——然後慢慢將手舉高，彷彿他是耶穌，或是那個手臂萎縮的男人，甚至是道格拉斯．麥克阿瑟將軍。「我回來了，」他會這麼說。然後他的眼睛會亮起來；

他會把手伸進口袋，拿出一顆白色珍珠。「我在路邊發現這個，」他會說道。「知道這會是誰的嗎？」

事情可能會是這個樣子。

又或者會是男孩某天夜裡躺在床上時聽見敲門聲，輕輕的一下。「誰？」他會問。「是我。」他會打開門，看見他父親穿著白色法蘭絨浴袍站在外面，渾身是沙。「從羅茲堡走過來很遠，」他父親會這麼說。然後他們會握手，說不定還會擁抱。

「你有收到我的信嗎？」他會問他父親。

「當然有。我每一封都有看。我也收到那片樹葉了。我一直都想著你。」

「我也都想著你，」男孩會這樣說。

他會倒一杯水給他父親，然後他們會並肩坐在行軍床上。窗外的月亮會顯得又亮又圓。會有風在吹。他會把頭靠在父親肩上，聞到沙塵、汗水的味道和緬甸刮鬍膏的淡淡氣味，每一種都會很好聞。接著，他會從眼角餘光中看到父親的大腳趾從拖鞋上的一個破洞冒出來。「爸爸，」他會說。

「怎麼了？」

「你忘了穿外出鞋。」

他父親會低頭看自己的雙腳，然後訝異地搖搖頭。「真是的，」他會說。「你瞧瞧那個樣子。」然後他會聳肩。他會自在地倚在床上。他會拿出菸斗。一盒火柴。他會露出笑容。「來，跟我說說我錯過了什麼，」他會這樣說。「把一切都告訴我。」

注釋

1 譯注：第二次世界大戰期間，猶他州的普若佛及奧勒姆皆設有營地，用來安置暫時離開集中營、去農場做臨時工的日裔美籍撤離者。這種營地稱為「帳篷城」(tent city)。

2 編注：珊瑚海海戰（Battle of the Coral Sea）發生於一九四二年五月四日到五月八日，位於澳洲附近的珊瑚海，為日軍與美澳之間的海戰，兩方都有船艦與飛機損失。

3編注：美國戰爭期間，人們會在窗戶掛上服役旗（service flag），一顆藍星代表家中有一人服役，一顆金色星星則是代表家中有一人戰死。

4譯注：二十世紀前半，加州人以「奧仔」（Okie）指稱從奧克拉荷馬及西南各州移居到加州討生活的貧窮工人。

5編注：美國的〈效忠誓詞〉版本變更多次，當時的版本應為「I pledge allegiance to the Flag of the United States of America, and to the republic for which it stands; one Nation indivisible with liberty and justice for all.」，意思是「我謹宣誓效忠美利堅合眾國國旗及效忠所代表之共和國，未可分裂之一國，自由平等全民皆享」。

6譯注：歌詞分別出自美國愛國歌曲〈美麗的美利堅〉（America the Beautiful）及〈為你，我的國家〉（My Country, 'Tis of Thee）。

7編注：史廣多（Squanto）是美洲波塔希特族人，曾被綁架到西班牙變賣為奴，又流浪至英國，會說英文，一六一九年他返回故鄉，族人卻已死於天花肆虐。隔年五月花號清教徒在鱈魚角靠岸後，史廣多成為這些歐洲人與部落的翻譯者。普利茅斯岩則是指清教徒開始在此建立殖民地的象徵。

8編注：吊死鬼遊戲是雙人玩的猜字遊戲，沒有猜中字母的話，就會逐步完成一個人被吊死的圖。二十個問題則由其中一人設定答案，其他人圍繞著這個答案提問加以猜測，直到二十個問題問完為止。這些都是一九四〇年代流行的遊戲。

9譯注：歌詞出自比莉．哈樂黛的歌曲Yours and Mine。

10編注：此處指的是同盟國計劃於一九四二年十一月八日至十日，進攻遵法國維琪政府控制的北非，西區特遣隊目標是卡薩布蘭卡，中區是阿爾及利亞的奧宏，東區是阿爾及利亞的阿爾及爾。

11 譯注：角色出自一九四〇年的電影《鬼谷入侵者》（*Ghost Valley Raiders*）。

陌生人的後院

In Stranger's Backyard

戰後我們回來時是秋天，房子還是我們家的。街道上的樹比我們記憶中還要高，車輛比我們記憶中還要老舊。我們的母親曾經在通往房子前方臺階的石子小徑旁栽種玫瑰，那叢玫瑰已經不在了。我們離開時是春天，木蘭樹還開滿了花，但現在是秋天，樹上的葉子已經開始變黃，而母親以前栽種玫瑰叢的地方只剩下一堆乾枯的雜草。院子裡散落著破掉的瓶子，門廊外側的杜松樹籬看來在我們離開的這段期間都沒有澆過水，一次也沒有。

我們提著沾滿塵土的行李箱，走過那條狹窄的石子小徑。時間已接近傍晚，一陣涼風從海灣吹進來，隔壁那棟房屋的院子裡有個只穿襯衣的男人慢慢地耙著樹葉。我們不認識他。他不是戰前住在那棟房子裡的人。他倚在耙子上，朝我們的方向點一下頭，但是我們的母親沒向他揮手，連微微點個頭回去也沒有。她警告過我們，很多人得知我們回來的事之後會很不高興。也許這個男人就是其中之一——美國退伍軍人協會、後方民防隊，或者美國同源會[1]的成員——也許他就只是個拿著耙子的男人，而我們的母親選擇視而不見，就只是這樣而已。

在門廊臺階的最上層，她把手伸進上衣，拉出前門的鑰匙；我們離開的這段日子，她一直把鑰匙用條銀鍊串著，戴在脖子上。戰爭時我們無論住在哪裡，她每天早上一醒來就會伸手摸摸鑰匙，確認它還在。每天晚上閉眼睡覺前，她還會再摸最後一下。有時候在中午，她會看著營房窗外，一邊用拇指撫摸鑰匙的鋸齒狀刻槽。有一次她以為沒人注意時，我們甚至見到她把鑰匙放進口中，高興地閉上雙眼。當時是春天，空氣中有鼠尾草的味道，她正在讀我們父親的來信。我們別過頭去。那把鑰匙已經成為她的一部分。它一直都在，一個深色的小型體，在她的外衣裡面搖來搖去——有時候看得見，有時候看不見，取決於光線和她穿的衣服，有時候似乎還得看她的心情。如果她把鑰匙取下，肯定會發生可怕的事。我們的房子——地圖上那個遙遠的小點——肯定會倒塌或被大火燒毀，或者直接消失。戰爭肯定會永遠打下去。我們的母親肯定會不復存在。

然而現在我們看著她把銀鍊繞過頭頂——她的動作輕快自然，彷彿每天都在做這件事——並且將鑰匙插入鎖孔。她的雙手很穩。她的手指沒有顫抖。風從樹的枝椏間吹過，而隔壁院子裡有個我們不認識的男人慢慢地耙著樹葉。我們的母親沒有對他揮手。她在鎖孔中轉動鑰匙一次。她轉動鑰匙兩次。我們聽到喀噠一聲，接著門打開，然後她脫下帽子，踏進玄關；過了三年五個月，我們突然，終於，回到家了。

房子的味道很難聞。我們不在乎。油漆從牆上剝落，窗框腐朽發黑。殘破的蕾絲窗簾掛在覆滿煤灰的窗玻璃前，地板上滿是空罐頭和碎玻璃。我們看到母親的氈面牌桌靠在後面那片原本放鋼琴的牆壁前，桌上堆滿舊報紙。一旁的牆角有三張折疊椅。一張金屬高腳凳。一盞破掉的鵝頸燈。我們的其他家具都不在了。不要緊。我們回到家了。我們很幸運才能回到家。許多和我們一起搭火車回來的人根本無家可歸。今晚他們會睡在旅社、教堂，還有基督教青年協會的行軍床。

我們放下行李，跑遍每個房間，大喊著「失火了！救命！有狼！」只因為我們可以盡情吼叫。我們用力打開門窗。大海的味道吹進屋裡空蕩的房間，很快的，另一種味道，我們不認識的人造成的味道（他們喝牛奶、吃牛油、吃乳酪，母親說她能從那股味道中聞出這些東西）便開始散去。

我們好幾年沒聞到大海的味道了。

我們在廚房打開水龍頭，看著水從水管湧出。水一開始是帶著鏽的棕色，後來就變清澈了。我們低下頭，就著水龍頭喝水。我們的喉嚨因為長途搭車而乾渴，我們的衣服滿是沙塵。母親用水沖洗雙手，關上水龍頭，在洋裝上將手抹乾，接著從後門走進院子裡，站在樹蔭下方長得老高的雜草叢上，樹葉在她的周圍飄落。

這個景象奇妙而陌生：我們的母親，站在樹下的陰影中。我們看著她將一片飄落的樹葉接在手中，逆著光舉起來。我們看著她放手讓樹葉落下。我們原本待的那個地方有太陽，但是沒有樹蔭；我們唯有在夜裡才看得到樹木，在我們的夢中。

我們不在的時候，有很多人住過我們的房子，但我們不知道那些人是誰、去了哪裡，還有當初答應把房子租出去的那個男人為什麼從未寄過一張支票給我們。他是律師，名叫米爾特．帕克。撤離令張貼出來的隔天，他出現在我們家門口，向母親提供他的服務。「我會處理一切，」帕克先生說過。但他現在人在哪裡？我們的錢又在哪裡？當初我們的母親又為何那麼快就讓陌生人進門？因為曾經有陌生人來敲過門。結果呢？沒有好事。沒有好事。那些人帶走了我們的父親。

「笨啊，」母親現在說，「我當初好笨。」

在樓上那些我們曾經睡過覺、做過夢、吵架過很多次的房間裡，我們發現髒汙的床墊和滿是年輕裸男裸女圖片的舊雜誌。他們的身體很完美。他們的皮膚光滑白皙。他們的手腳以各種我們從未聽說過的方式交纏在一起。「你們很快就會懂了，」我們聽到母親非常小聲地說，同時把那些雜誌丟到一旁，不過後來她否認有這件事。（然而真有這件事，她確實說了，我們有聽到。）

她原先把我們最貴重的物品鎖在走廊盡頭的房間——View-Master 幻燈片機、伊萊克斯吸塵器、我們收藏的《一角偵探》舊雜誌、她只有週日才擺出來的結婚紀念瓷器（**我們當初怎麼不每天使用這些盤子呢？**她後來問道）——那個房間裡幾乎什麼也不剩。地上散落著空箱子，幾個從前遺留的大富翁遊戲道具在窗臺上整齊地排成一列：一對白色骰子、一棟小小的紅色旅館、世上最小的綠色木造房屋。

天花板有一道裂縫滲了水，牆上有棕色汙漬和用紅色墨水塗鴉的幾個字，那些字令我們轉過頭不敢看。「我們會把它們塗掉的，」母親說；幾個月後我們有錢買了油漆，就把字塗掉了，然而那些話在我們腦海中停留多年，揮之不去。

當晚，我們回到這個曾被迫離開的世界頭一晚，我們將全部的門窗鎖好，並且把毯子鋪在樓梯下來的那個房間；從那裡可以看到街上。我們想都沒想，就找出了格局——長而窄，一頭有兩扇窗，另一頭是門——和我們戰時在沙漠營區住的房間最接近的一間。我們想都沒想，就把位置分配得和在戰時那個長而窄的房間一樣：母親在最遠的角落，遠離窗戶，我們姊弟則靠著對面那片牆，用相反的睡姿躺著。我們想都沒想，就選擇和母親同睡在一個房間，即使三年多來我們一直夢想著終於能單獨睡覺的那天；在我們自己的房間，在我們那棟位於林蔭大街、離海不遠的白色灰泥房子裡。

等戰爭結束，我們的母親當時這麼說。

我們在那棟白色灰泥房子裡嘗試入睡之際，不由自主地想起比我們早回來的那些人的遭遇，是我們聽說的。有個男人的房子被人潑汽油並縱火，當時他的家人就躺在屋裡睡覺。還有一個男人的小屋被炸掉。山谷中發生過槍擊案，有墓碑被搗毀，還有不速之客半夜來敲門。

鄰居啊，能再見到你真好。你打算在城裡待多久？

這裡沒有工作機會。如果我是你的話，就會考慮離開。

這附近的人為你做了安排。

安排，我們很納悶。哪種安排？

似乎有好幾個小時之久，我們蓋著毯子無法入睡，身上穿著最好的衣服——「我們死也不穿睡衣，」母親這樣說——等待著槍聲，或者急促的敲門聲，但我們只聽見吹過樹上的風聲和外面街上駛過的車聲；最後，在接近黎明時，也聽到了母親熟悉的鼾聲。

我們自由了，可以隨意在想要的時刻，去想去的地方。再也沒有武裝衛兵，沒有探照燈，沒有帶刺鐵絲網。我們的母親出門去市場帶了梨子回來，那是我們多年來第一次吃到新鮮的梨子。她還帶回來雞蛋、米，還有很多豆子罐頭。她告訴我們，等我們的配給簿來了，她就會買新鮮的肉給我們吃。她挖出她在我們離開前埋進庭院的餐具，然後擺了三人份在牌桌上。餐刀依然鋒利。叉子和湯匙的光澤也絲毫未減。我們坐到椅子上時，她提醒我們要慢慢吃，嘴巴要閉著，臉不要貼著盤子。「不要狼吞虎嚥，」她說。

但我們無法控制自己。我們很餓。我們胃口很大。我們吃得又快又貪婪，彷彿還在食堂的營房。先吃完第一份的人能吃到第二份，吃得慢的人就只有一份可吃。

後來到了傍晚，我們打開收音機收聽一個我們在戰爭前就會聽的節目——《青蜂俠》[2]——那感覺彷彿我們從未離開過。一切都沒變，我們對自己說。戰爭只是一場干擾，如此而已。我們會從中斷的地方重拾生活，繼續度日。我們會回去上學。我們會每天用功讀書，彌補失去的時光。我們會找到以前的同學。他們會問「你去哪裡了？」或是只會點頭說聲「嗨」。我們放學後會參加他們的社團，如果他們允許的話。我們會聽他們聽的音樂。我們會用他們的方式穿著打扮。我們會把名字改得更像他們的名字。要是我們的母親在街上用真名叫喚我們，我們會別過頭，假裝不認識她。我們絕不要再被錯認成敵人！

這座城市看起來和以前差不多。樹林街依舊是樹林街，泰勒街也依舊是泰勒街。藥局依舊在街區末端，只不過現在招牌是新的。早晨依舊會起霧。公園依舊綠意盎然。鞦韆依舊垂掛在樹下（鞦韆一定都是垂掛在樹下），孩子們——胖嘟嘟的，在風中仰頭歡笑著——依舊盪著鞦韆。街上的女孩依舊穿黑色娃娃鞋。她們的母親依舊穿黑色矮跟鞋。那個戴著發皺灰色費多拉帽的男人依舊站在街角呼喚他很久很久以前就已經跑走的狗兒，伊莎朵拉。說不定他到如今還站在那兒。

我們看見老朋友和老鄰居的臉孔，出現在我們這個街區的房子窗戶裡：吉爾洛伊家和邁爾家、雷希家、王家、兩位年邁的歐格雷迪女士；以前只要有球被丟進她們家院子，都是有去無回。戰爭剛開打時，他們全都看到我們離開。在我們提著塞得滿滿的大行李箱沿街步行時，從自家窗簾後面向外窺視。但是那天早上，他們沒有人出來和我們道別，或者祝我們好運，或者問我們要去哪裡（我們也不知道）。他們沒有人揮手。

他們會怕，我們的母親當時說。

繼續走。

頭抬高。

無論你做什麼，都不要回頭。

現在我們在街上遇到這些人時，他們會轉頭假裝沒看到我們。或是不經意地點個頭，說句「天氣真好」，彷彿我們從未離開過。偶爾會有人停下腳步，問母親說我們到哪去了──「有一陣子沒看到你們，」那個人可能會這樣說，或者「好久不見了」──而我們的母親只是抬起頭笑著回答，「噢，就是不在。」

那是真的。我們曾經離開，現在回來了，但是父親還沒有和我們團圓。他在信中說他隨時會獲釋，隨時。然而到底是什麼時候，他也說不準。有可能是明天，或明天算起的兩週後。有可能是六個月後。

他下火車的時候，會認得我們是誰嗎？（我們歲數增加，皮膚也因為這些年一直曬太陽而變黑。我們長大了。）

他會穿什麼衣服？

他還會有頭髮嗎？

他第一句話會說什麼？（**我希望……我想要……你們不知道我是怎麼……**）

還有，我們聽到的事情是真的嗎？（**不忠……叛徒……天皇的忠實擁護者。**）

之前在營房裡，深夜我們常躺在床上不睡，討論巧克力。我們常夢到奶昔、汽水和烤火腿乳酪三明治。我們常夢到家。**他們想念我們嗎？有在談論我們嗎？他們到底有沒有發現我們不見了？我們回去時，他們會因為我們曾經待在這種地**

方而看我們笑話嗎？因此，能夠走到街角的小店買一根巧克力棒和一瓶冰涼的可口可樂，就彷彿做夢似的。收銀檯的女孩現在大了一點，也漂亮了一點。她擦暗紅色的口紅，跟著廣播中某首我們不知道歌詞的歌來回搖擺。她一看見我們就把音樂聲關小，盯著我們瞧。

「可口可樂還是五分錢，」她溫柔地說。

回家路上，我們在人行道尋找以前刻下自己姓名縮寫的地方，但是那個地方已經不在了。我們喝完可口可樂。我們吃完巧克力棒，然後把包裝紙亂丟。我們從某戶人家的前院摘下一把花。我們數街上有幾個奧仔。我們數黑人。我們數鄰居家正面窗戶裡的金色星星。我們在街角停下腳步，買一份《柏克萊新聞報》給我們那個很久以前就發誓不再看報的母親。**那些戰爭新聞只會傷我的眼睛**。

可是現在，現在她不斷翻看新聞標題。

秀蘭·鄧波兒最近結婚了？

「怎麼可能！」

商店裡的尼龍絲襪要缺貨到春天？

「早知道我就乾脆不回來了。」

雙面彈性束腹也缺貨？

我們看到她低下頭沮喪地望著自己的肚子。

「收小腹就好啦！」

「你們以為我這些年都怎麼做的？」

我們把花扔到她腿上，又跑出去街上。

戰爭安置局讓每個人帶著火車車資和二十五美元現金回家。「這不合理，」我們的母親說。三年。五個月。二十五元。為什麼不是三十五元，或者四十元？為什麼不是一百元？何必還來這套？我們後來得知，二十五元是罪犯出獄那天領到的金額。母親用這筆錢幫我們各買了一雙新鞋，而且整整大一號。「以後就會合腳了，」她在我們將一團紙塞進鞋尖時說道。她為我們買了新的內衣褲、毛巾，還有一張很厚的棉絮床墊。我們在樓梯下來的前廳裡輪流睡那張床墊，直到有天晚上，窗戶被一個威士忌酒瓶砸破。威士忌酒瓶砸破窗戶的那晚過後，我們把床墊拖上樓，睡在房子後面的房間——牆上有寫字的那間。母親用膠帶和花卉圖片貼住那些字，圖片是從一本舊的育兒日曆撕下來的。她還在窗前掛上米袋撕開來做成的窗簾，這樣就沒人能看到屋裡。傍晚天色開始變暗時，她會巡遍房子正面的房間，逐一把燈關掉，不讓人知道我們在家。

每一天，我們周遭有愈來愈多男人從戰場回來。他們是父親、兄弟、丈夫。他們是親戚、鄰居。他們是兒子。他們一次回來數千人，搭乘在戰爭中傷痕累累的龐大軍艦進入海灣。他們之中有些人經歷過沖繩戰役與新幾內亞戰役。有些在瓜達康納爾島打過仗。有些在D-day那天登陸馬紹爾群島、塞班島、天寧島、呂宋島，還有雷伊泰島。有些是終戰時在滿洲和大船戰俘營被人發現，奄奄一息。

他們把竹片塞進我們的手指甲下面，還強迫我們下跪好幾個鐘頭。

我們必須立正站好，雙手貼在身體兩側，任憑他們毆打。

我們對他們而言只是數字，只是天皇的奴隸。我們連名字都沒有。我是三二六。San byaku ni ju roku。

我們必須彎腰鞠躬，連對苦力和人力車夫也要。

我們瘋了才會放過日本鬼子。

我這輩子最美妙的一天？就是哈利[3]丟下那顆超猛炸彈的那天。

有一些向他們致敬的勝利遊行，隊伍中有馬、有人吹號，還有漫天飛舞的碎紙片。市長在吹著風的舞臺上站起來致詞，穿著紅、白、藍色衣服的孩童揮舞國旗。返國的B-29轟炸機中隊組成完美隊形，從空中俯衝下來飛過眾人頭頂，同時下方街道上的群眾歡呼、流淚，歡迎英雄返鄉。

我們持續關注報紙上的報導。**更多獲救俘虜披露日軍酷刑戰俘營內幕。有人被迫戴上金屬的口銜，也有人活活餓死。有美國戰俘被綁住並潑上汽油，變成人體火把。**我們收聽廣播訪談。**大兵，告訴我，失去一條腿對你有沒有造成重大影響？**我們看著鏡中的自己，並不喜歡我們看到的樣子：黑頭髮、黃皮膚、丹鳳眼。敵人殘酷的容顏。

我們有罪。

忘了這件事吧。

一無是處。

別再想了。

是個危險的民族。

你們現在自由了。

永遠不能再被信任。

你們只需要規規矩矩。

在街上，我們總是盡可能迴避自己的倒影。我們不去看光亮的表面和商店櫥窗。我們不理會陌生人的匆匆一瞥。**你是哪種人，日本人還是中國人？**

在學校，我們的新老師對我們很好，同學也很客氣，但是午餐時間不和我們一起坐，也不邀請我們一起玩；以前的朋友當中，沒有一個人走過來對我們說「歡迎回來」，或者「見到你真好」，似乎連我們是誰都不記得。那些朋友以前每天下午放學後都會對我們大喊，**去你家還是我家？**我們曾在那些朋友家的後院挖洞、堆壘。他們的母親（在閃亮白色廚房裡的高瘦女人）曾經邀請我們留下來吃晚餐（「我們會打電話跟你媽媽說」）。他們的父親曾在清朗的夜晚教我們看星星（「站好別動，往上看！」）。我們曾在每個冬季和那些朋友去冰上世界滑冰。我們至今還記得他們的生日（吉米．布查曼是五月二十六日，艾迪森．王是十月三日，杜魯多家的雙胞胎蔻拉和朵拉是六月二十九日）。

也許他們覺得丟臉——我們寫過信給他們（**哈囉，你好嗎，沙漠的天氣非常熱**），但是只有一個人（伊莉莎白，伊莉莎白，她到哪裡去了？）花時間回信。或許他們會害怕。（後來我們才得知，郵差迪納多先生曾對他們說，寫信給我們的人都有通敵罪。「那些人轟炸珍珠港！他們被送走是活該。」）

也許他們根本沒料到我們會回來，所以老早就不去想我們的事了。前一天我們還在，隔天我們在點名簿上的名字就被劃掉，我們的課桌和置物櫃被分配給別人，我們不見了。

於是我們大多很低調。我們不聲不響地進出走廊，雙眼一直盯著遠方某個幻想出來的小點。要是有人在我們背後竊竊私語——確實有——我們就當沒聽見。要是有其他學生不懷好意地大聲呼喊我們——確實有，不是很常發生，但也不罕見——我們就當沒聽見。上課時我們坐在最後面，希望不會被人注意到。（**頭低著，別惹麻煩**，幾週前在學生餐廳的一場演說裡，講者這樣交代我們。演說的標題是〈在外面的世界應如何表現〉。**只能說英語。不要超過三個人一起走在路上，也不要超過五個人一起上餐館。無論如何不要引人注意。**）我們說話很小聲，也不會舉手，就算我們知道答案也一樣。我們遵守規定。我們參加考試。我們寫作文。**我最快樂的一天。我的暑假。我的志願**（消防員、電影明星，我想當的是你們！）。我們望著窗外。我們偶爾瞄時鐘一眼（下課鐘很快就會響，我們就可以放學回家）。我們一直很客氣。

我們說好的、不用與沒問題。

我們說謝謝。

請便。

你先請。

不客氣。

沒關係。

別放在心上。

老師問我們一切是否都還好時，我們點點頭說，是，當然，一切都很好。

要是我們做錯事，一定會說抱歉（抱歉，我看了你；抱歉，我坐在這裡；抱歉，我回來了）。要是犯下嚴重的錯誤，我們就立刻說對不起（對不起，我摸到你的手臂，我不是故意的，我剛好沒看到它擺在桌子邊緣，安靜、優雅、完美、無法抗拒；我失去平衡，不慎摸到它，我站得太近了，我沒有在看路，有人從後面推我，我不是故意要摸到你，我一直都想摸你，我再也不會摸你了，我保證，我發誓……）。

放學後我們把書收好，沿著陽光普照的整潔街道走路回家，行經黃色的消防栓和鮮綠色的草坪。那些草坪如今已覆滿樹葉。有時候會有成群的男孩突然出現，騎腳踏車慢慢地圍著我們打轉，一句話也不說。有時候我們會聽見背後有口哨聲，但回頭時卻一個人也沒有。有時候我們其中一人會突然在人行道上停下腳步，指著某戶鄰居家正面的窗戶。雷希太太在她家客廳地板推來推去的，不是我們母親的伊萊克斯吸塵器嗎？吉爾洛伊家的安哥拉山羊毛沙發是不是很眼熟？提平先生書房裡的拉蓋書桌，我們是不是在哪看過？有一天，我們甚至以為自己看到父親在墨菲太太的淡粉紅色臥室裡上下揮動雙臂，像隻鸛鳥似的——他到底在那裡幹什麼呀？——但那只是墨菲家新來的僕人小張在拍枕頭。

夜裡，我們常聽見樓梯上有腳步聲。地板突然發出嘎吱聲。奇怪的聲音從廚房傳來。有人在開櫥櫃。有人在翻冰箱。有人在用口哨吹著「讓我在西部天空下跨上我的老馬……」[4]的曲調。有人輕輕敲著後門（是他！）。我們會到走廊上，看見母親在黑暗中穿著她那件單薄的棉質睡衣，站在窗邊從窗簾的縫隙看出去。「我只是在留意情況，」她會這樣講。或者她也會揮手要我們過去，然後指著前院那個黑暗的空位。「我的玫瑰花叢到哪去了？」她會喃喃說道。

白天她花很多時間刷洗地板上的層層髒汙。「這些人是誰？」她再三地問我們。她清潔、打掃、煮飯。她用檸檬汁和醋清洗窗戶，並且用方形的馬口鐵片取代破掉的窗玻璃。晴朗的下午，她會戴上工作手套和軟質草帽去後院，把落葉耙成堆；我們會在落葉堆裡跳躍，讓葉子再次飛散在風中。她把小徑上蔓生的野草拔乾淨。她把樹籬修剪回原來的樣子。她把庭院中央爛掉的花棚拆下；院子已經自己繁殖，長出了大量植物。在矮樹叢深處，她找到一些東西。一個洋娃娃的頭。一隻女用黑絲襪。一座臉部朝下，趴在土裡的石造佛像。「原來你在那裡啊。」我們小心地幫她將佛像立起來，把胖胖的肚子清理乾淨，看到那圓滾滾的大頭仰望天空，依然大笑。

傍晚時，夜幕降臨、砂鍋[5]上場，有些男人從辦公室回家，有些男人沒回家；我們經常發現她坐在廚房的高腳椅上，背對窗戶，慢慢修著指甲。

她都會說：「好安靜啊。」

我們曾經在沙漠裡住過。我們曾經每天早晨在警報聲大作中醒來。我們曾經每天照三餐排隊領取餐點。我們曾經排隊拿信。我們曾經排隊領取煤塊。我們曾經必須排隊使用淋浴間或公廁。我們曾經從早到晚聽見穿過鼠尾草的風聲。我們曾經聽過郊狼嚎叫。我們曾經聽到營房鄰居隔著薄薄的牆說的每一個字。**我的剃刀在哪，我的梳子在哪，誰拿了我的牙膏……？**我們曾經趁衛兵不注意時偷拿木材堆裡的木頭。我們曾經偷福利社的口香糖。我們曾經把釘子擺在每天晚上吉普車巡邏後留下的胎痕上。我們曾經在灌溉渠裡游泳。我們曾經玩過彈珠。我們曾經玩過跳房子。我們曾經玩過戰爭遊戲。**我來當麥克阿瑟，你當敵人！**我們曾經試著想像過，終於回到家時會是什麼情況。

家裡的電話會響個不停。（「都好嗎？」）

街頭巷尾的婦女會帶著天使蛋糕，在我們家大門前排隊歡迎我們回來。（「呦响，我們知道你們在家！」）

週六下午，我們會趕在燈光轉暗之際抵達電影院，大家都從座位站起來讓我們通過。（「不好意思，抱歉，借過……」）

到了週日，我們會在公園裡放風箏一整天。

我們會接受所有邀約。哪裡都去。什麼事都做，好彌補我們離開時錯過的那些年。是的，世界又會再度屬於我們：溫暖的日子、蔚藍的天空、綿延的綠色草地、冰到讓玻璃杯結霜的粉紅檸檬水、腳踏車在石子路上急煞、小白狗繫著長牽繩，鼻子重重壓在地上、路燈在每天黃昏時亮起、遠方有電車敲著鈴、微弱的聲音喊著**不，我不要**、紗門砰地闔上、有人啪嗒啪嗒地迅速跑過車道、手溼溼的母親——邁爾太太、伍卓夫太太、湯瑪士．海爾．卡瓦諾太太——大步走到前廊大喊**等你爸回來，你就慘了！**

不過，實際情況當然不是那樣。日子突然轉涼。天空變得陰沉灰暗。每個地方的小孩都收斂起自己的行為。他們會整理自己的房間。邁爾先生再也沒回家（在拉包爾上空執行他的第八次空襲任務時被擊落）。伍卓夫先生再也沒回家（剛開戰幾個月就在巴丹失蹤）。卡瓦諾先生回家了，但是比起以前──那個有望遠鏡，還教我們看星星的男人──完全變了個樣。

「吸過毒氣，」我們聽過一個人這樣說。

「嗎啡成癮。」

「我那天才在喜互惠超市遇到他。那人有彈震症。連他自己叫什麼都不知道。」

「是爹地，」我們想像小安娜・卡瓦諾拚命在她父親還正常的那隻耳朵旁低聲說道。

「什麼？你剛才說什麼？」

然後我們想起自己的父親，在珍珠港事件當晚穿著浴袍和拖鞋就被帶去問話的父親，於是深感慚愧。

天皇是人還是神？

如果有艘日本軍艦在太平洋被魚雷擊沉，你會高興還是難過？

你認為哪一邊會打贏戰爭？

十一月，最後的樹葉由黃轉棕，紛紛從樹上飄落。夜晚轉長轉冷，我們的錢也幾乎花光了。我們晚餐大多吃捲心菜和米飯。每週一次，在週六那天，吃魚餌店買來的沙丁魚。我們連續好幾天用同一條餐巾。洗澡的晚上，我們三人使用同一缸水。我們的母親錙銖必較。她訂下新規矩。放學後一回到家就要把外出服換下。刷牙時不能讓水龍頭一直開著。無論做什麼，都不能浪費。把那個麵包袋留著。**我明天要用來包你的三明治。**把那條線留著。**我要把它加進我那顆漂亮的繩球。**把胡蘿蔔吃完。**別忘了，歐洲有小孩在挨餓。**別丟掉那條橡皮筋。那個馬口鐵罐。

那滴油脂。那一小片肥皂。我們的鞋子還沒穿到合腳，鞋底就變薄了。她拿了幾片厚紙板來墊，叫我們避開路上的水窪。隔天她開始找起工作。

報上的徵人廣告都說**招募人手，公司訓練**，但是她無論去哪都被拒絕。「剛剛找到人了，」她每次都聽到這句話。不然就是「我們不希望引起其他員工不滿」。她以前買帽子和絲襪的百貨公司不願意僱用她當收銀員，因為他們擔心會讓顧客不舒服。他們要讓她在後頭一間黑暗的斗室裡對銷貨單，不會被人看到，但她客氣地回絕了。「我怕我在那裡會把眼睛搞壞，」她告訴我們。「我怕我會突然想起我是誰，然後……讓自己不舒服。」

後來那週，她找到一個在襯衫工廠縫衣袖的工作，但是一天就被解僱了。**我縫不直**。她拿了一份求職申請書到我們社區的藥局。**我想說那個老闆也許記得我**。最後她開始為山上的一些有錢人家打掃房子。她強調那份工作並不難。**你只要笑著說是的太太，和不是的太太，做他們交代的事**。如果他們要她刷洗地板，她就跪在地上彎著腰刷洗地板。如果小巧的室內植物需要除塵，她就拿條溼抹布，逐一擦去每一小片綠葉上的灰塵。如果那戶人家的女主人覺得寂寞，想要聊聊，我們的母親就暫時放下抹布傾聽。「我懂妳的意思，」她也許會這樣回答。或者是「真遺憾」。她告訴我們說她很友善，但又不會太親切。**如果你表現得太親切，他們會覺得你自認高他們一等。**

休假的時候，她就幫人洗衣、燙衣來賺點外快。她在後院掛起曬衣繩，我們只要往窗外看，都會看到陌生人——孤單的船公司繼承人、活潑的單身醫師、迷人的戰爭寡婦；她的年輕丈夫在奧馬哈海灘陣亡（「介紹她認識那兩個人！」母親將他們的衣物掛在一起時，我們這麼提議過，但是她回答，「現在還太早」）——的私密貼身衣物在光禿禿的黑色枝椏間飄動，彷如鬼魅。

拿著賺來的錢，我們的母親為面對街道的窗戶買了新的蕾絲窗簾。她擦亮生鏽的黃銅門環。她在前門的階梯上方放了張腳踏墊。她一點一滴地累積物品。有一個雇主給她一套餐盤和一件看起來彷彿完全沒穿過的駱駝毛大衣。另外有人給她兩個銀燭臺，她隔天就拿去當鋪變賣了。她在救世軍為我們買了各自的衣櫥和床；從那天起，我們每個人就分開來單獨睡——母親在樓下那間她和父親以前同睡的臥室，我們兩個就在樓上各自原本的房間。

電報是在一個潮溼起霧的十二月早上送來的。**週五離開聖塔非。週日下午三點抵達。愛你們的爸爸。**

接下來幾天我們什麼也沒做，只是等著時間過去。我們去學校。我們回家。我們盯著時鐘。**他現在到阿布奎基了。他到旗桿市了。他在橫越莫哈韋沙漠……。**我們的母親打掃、做飯。她無論走到哪——去工作、去郵局、去市場買麵包——都隨身帶著那封電報，就放在她口袋裡。有時候她會在晚餐吃到一半時拿出電報，在燈光下仔細檢視，只為了確認那些字句是否還在，或者有沒有趁她不注意時自己神祕重組成別的訊息。

「萬一這不是真的呢？」她問我們。或者是送錯了？還是上次那個半夜打電話來叫我們滾的男人寄來捉弄我們？

是真的，我們告訴她。不是玩笑。

禮拜天黃昏將至時，我們父親的火車進站。當時下著小雨，火車車窗上都是一條條的雨水和煤灰，我們只能看到玻璃窗裡有黑暗的身影在移動。然後火車停了，一名彎腰駝背的矮小男子提著一個舊舊的行李箱，走出最後一節車廂。他臉上有皺紋。他的西裝褪色了，而且很破舊。他頭上光禿禿的。他緩慢而小心地行走，還拄著一根拐杖，一根我們以前從未見過的拐杖。雖然我們等待這一刻，父親回來的這一刻，已經等了四年多，但我們終於在月臺上看見站在我們前方的他時，卻不知道該怎麼想，怎麼做。我們沒有奔向他。我們沒有來回用力揮手，對他大喊

在這裡！母親溫柔卻堅定地從後面推我們，小聲地說**快過去**時，我們只是低頭看著鞋子，無法動彈。因為站在我們眼前的那個男人並不是我們的父親。他是別人，是個代替父親被送回來的陌生人。**那不是他**，我們對母親說，**那不是他**，但母親似乎聽不見我們的聲音了。

他放下行李箱，然後望著她。

「你有沒有……」她說。

「每天都有，」他回答。接著他雙膝跪地，把我們擁入懷中，一次又一次地說著我們的名字，但我們依然無法確信那真的是他。

我們的父親，我們記憶中的父親，我們在戰爭那些年幾乎夜夜夢到的父親，他又英俊又強壯。他走起路來迅速、自信、頭抬得很高。他喜歡畫圖給我們看。他喜歡唱歌給我們聽。他喜歡笑。搭火車回來的男子，外表比五十六歲蒼老很多。

他戴著潔白的假牙，僅剩的頭髮也掉光了。每次我們擁抱他，都能隔著衣服摸到他的肋骨。他沒有為我們畫圖，沒有用他荒腔走板的聲音為我們唱歌。他沒有唸故事給我們聽。禮拜天下午，我們閒著無所事事，他也沒有將折彎的馬口鐵片綁在樹枝上，在高掛的白色床單後方演皮影戲給我們看。他沒有做高蹺給我們玩。

當然，母親很快就指出我們太大了，不適合踩高蹺；不適合別人為我們唸故事；不適合高掛的白色床單後方演出的皮影戲。

對，對，對，我們回答，**也不適合歡笑！**

他從沒對我們過說他離開那些年的事。一個字也沒說。他從不談政治，或被捕的事，或者他的牙齒怎麼全沒了。他從不提他在敵國人管控小組面前進行的忠誠度聽證會。他從不告訴我們他到底被控犯了什麼罪。進行破壞活動？出賣機密給敵人？密謀推翻政府？他有犯下被指控的罪嗎？他是無辜的嗎？（他到底在不在場？）我們不知道。我們不想知道。我們從不問。現在我們回到這個世界了，我們只想遺忘。

一開始，他慢慢走遍每個房間，拿起東西，困惑地看一看，然後再放回去。「我什麼也不認得，」我們聽見他喃喃說道。下午時他躺在沙發任由自己睡去，卻在片刻之後驚醒，不知道自己身在何處。他坐起來呼喊我們的名字，我們便跑過來。「怎麼了？」我們問他。「發生什麼事？」他說，他必須看到我們。他得看到我們的臉。否則他就不會知道自己是不是真的清醒了。後來他告訴我們，他在火車上反覆夢見自己因為睡著而坐過站。

他每天都穿同一條鬆垮的長褲，而且堅信有人在監視我們家。他不喜歡用電話——**你永遠不知道有誰在偷聽**——也不喜歡外食。他很少和別人說話，除非別人先開口。**幹嘛自找麻煩？**他對每個人都很猜疑：報童、挨家挨戶的推銷員、每天早上我們去學校途中經過她家時，都會對我們揮手的小個子老太太。他警告我們說，那些人之中的任何一個都有可能是告密者。

他們就是討厭我們。事情就是那樣。

千萬別跟他們說任何沒必要說的事。

絕對不要以為他們是你的朋友。

一點小事——鄰居的狗吠叫、筆放錯地方、任何預料之外的延誤——都能讓他大發雷霆。有天下午，我們在銀行排隊等了很久，他擠到隊伍最前面，拿拐杖用力敲打地板。「我沒時間跟你耗！」他大吼。我們別過頭，假裝不認識他。隊伍中的其他顧客都沒人說話。「你們以為他們會在乎？」他在我們緩慢走向門口時對我們吼道。我們用手摀住耳朵，繼續往外走。

他再也沒有返回職場。他戰爭前任職的公司在珍珠港事件發生後就立刻被清算，所以他無法回去以前的工作。沒有其他人要僱用他：他年紀大了、健康狀況不佳、才剛從危險敵國人集中營回來。於是他日復一日待在家中，拿著放大鏡仔細看報，並且在一本藍色小筆記本上胡亂寫字。有時候他會到院子裡為草地澆水，或者打掃前廊。每天下午我們放學回家時，他都為我們準備點心：果凍和蘇打餅乾，或是一盤仔細削皮切片的蘋果。

他見到我們時，似乎總是很開心。「跟我說說有什麼新聞，」他在我們走進門的那一刻大聲說道。我們和他坐在廚房裡聊學校。天氣。鄰居。我們在戰前聊的那些話題。除此之外就沒了。他坐在他的位子，身體前傾，彷彿在聽我們說話，但是無論我們說什麼——**聽寫時有一隻蛾飛進坎貝爾老師耳朵、唐納·哈茲貝克被永久禁足**——他的反應都一樣。「是嗎？」

他心裡似乎總是在想別的事。

也許他在念著我們的母親。也許他很想她，希望她趕快下班回家。也許他在想像她的模樣，她也在某個陌生人家裡，又一次凝視自己在馬桶中的倒影。**還在**

嗎？或許他是在回想他多年前新婚時對她許下的諾言——**妳以後都不用工作**——並且因為沒有信守承諾而內疚。現在她的腳踝周圍冒出了粗大的青筋，她的手又紅又粗糙，她每天傍晚走上前門臺階時，雙腳似乎都移動得比前一天更慢。他也有可能根本不是在想我們的母親。他可能是因為那天早晨在報上看到某件事而不安——**援外尿布被非洲頭目當成頭巾！**或者，**日本天皇否認自己是神！**——接收的新聞已經差不多達到他一天能承受的量了。

鳥鳴愈來愈輕快響亮，空氣中的寒意也逐漸消失。我們的母親每天都起個大早為我們做早餐，然後用一條白圍巾包住頭，匆匆離家去趕下一班公車。她身穿一件走樣的黑色洋裝、樸素的鞋子，不擦口紅。她背著一個棕色大購物袋，裡面裝有各式各樣的刷子和抹布。**我得讓一切閃閃發亮。**她的手腳俐落，從不抱怨。「要乖喔，」她出門時對我們大聲說道。

多年後她告訴我們，每天早上醒來後有地方得去，是一種解脫。

白天愈來愈長，父親在他房間裡獨處的時間也愈來愈久。他不再看報。不再和我們一起收聽《ＩＱ博士》的廣播節目。「我腦中的雜音已經夠多了，」他解釋說。他筆記本上的筆跡變得愈來愈小，愈來愈模糊，後來就完全從紙上消失了。現在我們每次經過他的房門，都看到他坐在床沿，手放在腿上，凝望著窗外，彷彿在等待有事發生。有時候他會換上外出服、穿上大衣，但就是走不出大門。

每隔一段時間，我們都會為他拿來帽子，邀他和我們一起出門散步，但他只是笑一笑，揮手趕我們走。「你們去吧，」他說。

晚上他經常七點鐘就早早上床，才剛吃過晚餐——**不如早點把今天過完**——但他睡得很不好，常常從同一個反覆出現的夢境中醒來：宵禁時間過了五分鐘，而他被困在外面，在世界上，在圍籬錯誤的一邊。「我得回去才行，」他會喊著這句話醒過來。

「你回到家了，」我們的母親會提醒他。「沒事的。你可以留下來。」

春天最早的徵兆：天氣溫和、果樹長出花蕾、不再有一大串的死亡名單。每一家的母親都回到廚房了。我們這個街區的最後幾個父親——還回得來的那些——都回到家了，他們很安全。太陽在它的崗位。高掛在我們頭頂上，但也不會太高。活力逐漸回來了。交談也開始回來了。在學校操場。在公園。在街上。他們現在會叫我們的名字了。不會很多。只有幾個人。

一開始我們假裝沒聽到，但是過一陣子就裝不下去了。我們轉過去點點頭，我們微笑，然後繼續往前走。

四月時，木蘭樹開了兩週淡灰色的花，天空蔚藍而晴朗。庭院裡出現紫色風信子和水仙，薄荷也抽長了；每天傍晚到了黃昏時，我們都走進院子裡，看著椋鳥在樹上聚集。晚上我們開著窗戶睡覺，在夢中能聽見歌聲和笑聲，以及樹葉在風中翻飛的聲音。早上我們醒來時，有短暫片刻幾乎會忘了自己曾經離開過。

五月，溫暖的天氣穩定下來，每個地方的玫瑰都開滿了花。我們每天放學後都在街上遊蕩，尋找母親以前在我們家前院種下的玫瑰花叢。起初，我們無論找到哪裡都能看到那些玫瑰——在吉爾洛伊家和邁爾家前院、藏在兩位歐格雷迪女士那座得獎花園中的杜鵑花叢裡——然而走上前仔細一看，這些玫瑰花叢都不是我們那叢。它們不是太大，就是太小，或者花瓣太白。我們過一陣子就放棄了，開始注意別的事物。不過我們一直相信在某個地方，某個陌生人家的後院裡，我們母親的玫瑰花叢正在瘋狂失控地盛開，在午後的斜陽下綻放出一朵朵完美的紅花。

注釋

1 編注：美國同源會（Chinese American Citizen Alliance）一八九五年以黃金州之子（Native Sons of the

Golden West）在舊金山立案，由在美土生土長的華裔組成，是美國第一個華裔民權組織。一九一五年改名為美國同源會。

2 編注：《青蜂俠》（*The Green Hornet*）是一九三六年由底特律的WTXY電臺推出的廣播劇，持續了二十年，並在一九四〇年改編成電影上影，一九六六年也改編成電視劇，一直到二〇一一年都還有改編電影。《青蜂俠》主角布里特．雷德（Britt Reid）白天是報業老闆，晚上則化身為正義使者，與夥伴加藤一起出任務。加藤的角色在一九六六年時是由李小龍演出。加藤的血統設定也隨著二戰時局而變化，從一開始的日裔，到後來還曾被改為是有日本血統的菲律賓人，甚至韓國人。

3 譯注：一九四五年四月上任的美國總統哈利．杜魯門（Harry Truman）。

4 譯注：歌詞出自平．克勞斯貝的歌曲Don't Fence Me In。

5 譯注：二戰結束後，由於講求方便快速，砂鍋料理成為備受歡迎的「一鍋到底料理」。

自白

Confession

你聽到的每件事都是真的。你們的人把我抓走那天晚上，我穿著浴袍和拖鞋。他們在局裡問我問題。**從實招來**，他們說。那是個空蕩蕩的小房間。沒有窗戶。燈光很亮。他們把燈開著好幾天。我還能告訴你什麼？我雙腳發冷。我很累。我很渴。我很害怕。所以我做了不得不做的事。我招了。

好吧，我說。我承認。我撒謊。你們是對的。你們一直都是對的。是我。是我幹的。我在你們的蓄水池裡下毒。我對你們的食物噴殺蟲劑。我把含有大量砒霜的豆子和馬鈴薯送去市場。我沿著你們的鐵路放置柱狀炸藥。我對你們的油井縱火。我在你們港區的入口布下地雷。我暗中調查你們的機場。我暗中調查你們的海軍造船廠。我暗中調查你的鄰居。我暗中調查你——你六點起床，喜歡吃培根蛋，熱愛棒球，喝咖啡要加奶油，最喜歡的顏色是藍色。你不在的時候，我潛入你家，玷汙你的妻子。**等等，等等**，她說，**別走**。我摸了你的女兒——她們在睡夢中露出笑容。我悶死你的長子——他沒有掙扎。我偷走你最後一包砂糖。我大口喝你最好的白蘭地。我撬起你家白色柵欄的釘子，賣給敵人熔掉做成子彈。我把你們的防禦工事圖免費送給那個敵人。**波音組裝廠在這裡。煉油廠在那裡。打叉的是製造偽裝網的地方。**我把你們主要沿海城市的空照圖交給他。我用無線電把你們軍艦的位置通報給他的潛水艇。我探出我家二樓窗戶，用紅色紙燈籠對他的飛行員打暗號。**過來！**我在燈火管制時依舊讓燈亮著。我走到院子裡，拋出幾枚信號彈，以確保他知道要去哪邊找你。**把炸彈投在這裡，就是我現在站的地方！**我把我的番茄田修剪出箭頭的形狀，引導他前往下一個目標。**往前直飛到空軍基地！**我把你的所有事情都告訴他。**又高又帥。眼睛很大。鼻子很挺。肩膀很寬。牙齒漂亮。笑容燦爛。握手有力。顧家的可靠男人。交遊廣闊。參加麋鹿兄弟會。同濟會。扶輪社。本地商會。每週六修剪草坪，每週日上教堂。準時繳帳款。喜歡三不五時和哥兒們出去。妻子待在家裡照顧小孩。**我把你最不利的祕密透露給他。**注意力不持久。偶爾忘記把垃圾拿出去丟。有時候會一邊吃東西，一邊說話。**

我是誰？你知道我是誰。或者說你以為你知道。我是你光顧的花店老闆。我是你去的雜貨店老闆。我是你的雜工。我是你的服務生。我是榆樹街轉角那家布店的老闆。我是擦鞋童。我是柔道老師。我是佛教的和尚。我是神道教的祭司。我是吉本主教。**幸會**。我是三菱公司總經理。我是金塔餐廳的洗碗工。我是克萊蒙特飯店的清潔工。我是洗衣工。我是苗圃工人。我是牧場工人。我是農場工人。我是採桃工人。我是採梨工人。我是萵苣包裝工。我是牡蠣養殖工。我是罐頭廠工人。我是雛雞性別鑑定員。**所以我會分辨健康的年輕公雞！**我是帶著草帽、笑容可掬地在路邊賣草莓的胖男人。我是櫻花協會主席。我是俳句協會祕書長。我是盆栽聯誼會的正式會員。**真是個討喜的嬌小民族！每樣東西都小而美！**我是你口中的日本鬼子。我是你口中的小日本。我是你口中的瞇瞇眼。我是你口中的吊眼仔。我是你口中的黃懦夫。我是你口中的亞洲佬。你根本沒看見我——我們長得都一樣。你到處都看見我——我們逐漸占領社區。你每天晚上睡覺前都會在床下尋找我。

你說，**只是看看**。你整夜都夢見我——我們十個一排肩並肩在大街上遊行。我是你的夢魘——我們今晚要在你剛修剪過的前院草地上露宿。我是你最深的恐懼——你看過我們在滿洲的所作所為，你記得南京大屠殺，你忘不了珍珠港事件。

我是樹上的鳳眼狙擊手。

我是矮樹叢中的破壞者。

我是大門口的陌生人。

我是你家後院裡的叛徒。

我是你的僕人。

我是你的廚子。

我是你的園丁。

而且我多年來一直靜靜地生活在你身邊，就等著東條英機對我打暗號。

所以儘管監禁我。抓走我的小孩。抓走我的妻子。凍結我的資產。扣押我的收成。搜查我的辦公室。洗劫我的房子。取消我的保險。拍賣我的公司。轉移我的租約。指派號碼給我。把我的罪名告訴我。**太矮，太黑，太醜，太驕傲**。全部寫下來——**說話時神色緊張、總在不對的時間大笑出聲、從來都不笑**——我會在虛線上簽名。**奸險狡詐、鐵石心腸、殘忍無情**。若你有朝一日被人問起我最想說什麼，你不介意的話就請你告訴他們，我最想說這句話：

我很抱歉。

好了。就這樣。我說了。現在我可以走了嗎？

致謝

以下作品在作者在撰寫本書期間提供了許多幫助，特此致謝：The Great Betrayal: The Evacuation of the Japanese-Americans During World War II，作者Audrie Girdner與Anne Loftis；A Fence Away From Freedom: Japanese Americans and World War II，作者Ellen Levine；Citizen 13660，作者Miné Okubo；Jewel of the Desert: Japanese American Internment at Topaz，作者Sandra C. Taylor；Desert Exile: The Uprooting of a Japanese-American Family，作者Yoshiko Uchida。

這裡人人皆平等

陳昭如／臺灣大學法律學系特聘教授

是松案（*Korematsu*）的悲劇與鬧劇

川普總統的新總統命令違反了夏威夷州的認同和精神。對包括州政府官員在內的許多夏威夷人來說，這項總統命令讓排華法以及轟炸珍珠港之後的戒嚴與日裔集中營的記憶歷歷在目。[1]

川普在二〇一六年當選總統後，旋即發布第一三七六九號總統命令，禁止六個穆斯林為多數的國家的國民入境，一般通稱為「穆斯林禁令」（Muslim ban）或

「旅行禁令」(travel ban)、「穆斯林旅行禁令」。一些反對此移民禁令的州檢察長提起訴訟控告川普與聯邦政府，要求聯邦法院下令停止執行此移民禁令。夏威夷州是第一個提告的州。具有法律史意識的夏威夷州檢察長金士敬(Doug Chin)，就在訴狀中連結了川普的移民禁令與二次大戰時的日裔集中營記憶。[2]

二〇一八年，聯邦最高法院的判決出爐，*Trump v. Hawaii*[3]宣告川普行使總統特權以總統命令禁止入境合憲。但是，聯邦最高法院在這個判決的多數意見中也表示，「是松案在當年就是大錯特錯，在法院的歷史上已經被推翻，而且，明確地來說，該判決在憲法之下無容身之地。僅只依據種族就把美國公民強制送到集中營安置，客觀上不合法，也不在總統權限範圍內。」*Korematsu v. United States*[4]是美國聯邦最高法院在一九四四年所作成的判決，這個判決認定當時羅斯福總統以國家安全之名將日裔送進集中營的總統命令合憲有效。《天皇蒙塵》的開端，第十九號撤離令(Evacuation Order No. 19)，就來自於羅斯福在一九四二年二月十九日發布的第九〇六六號總統命令（Executive Order 9066）。

還有比這更諷刺的事嗎？美國聯邦最高法院的多數大法官一方面無視於川普曾多次公開表示移民禁令就是穆斯林禁令，認定總統有權以行政特權禁止特定國家國民入境，大法官們還說該移民禁令與種族宗教無關；另方面又說，當年將日裔美國人送進集中營是錯的，當初聯邦最高法院也不應該認定總統的命令合憲。無怪乎美國聯邦最高法院最屬進步派的大法官索妮亞．索托馬約（Sonia Sotomayor）在不同意見書中強力批評，多數意見以國家安全之名來歧視懲罰特定種族，根本就是重蹈是松案當年的覆轍。

馬克思說，歷史總是不斷重演，第一次是悲劇，第二次是鬧劇。《天皇蒙塵》這本書所書寫的是悲劇[5]，穆斯林禁令與 *Trump v. Hawaii* 是鬧劇。二戰時美國的日本人集中營與是松案的悲劇為何，又如何上演？

是松豐三郎從法院到集中營之路

一九四一年十二月七日，日本轟炸珍珠港。美國正式宣布參與二次世界大戰，向日本、德國與義大利宣戰。這讓美國本已日益升高對日裔的敵意進入新的階段。兩個月後，羅斯福發布第九〇六六號總統命令，授權聯邦政府劃定美國境內的軍事區域，戰爭部長與軍事指揮官有權將所有對國家構成威脅的人遷移到所謂的戰時「安置中心」(relocation centers)。[6] 送入「安置中心」的人是被撤離、「重新安置」(relocate)到其他地方繼續生活，以「保護」他們。送到拘留營(internment camp)的人，則可以被用來和敵國交換美國戰俘。《天皇蒙塵》敘事者／主角的父親進了拘留營，其他家人則被「重新安置」。這是政府觀點。在日裔眼中，「安置中心」也好，「拘留營」也好，都是集中營。

誰是第九〇六六號總統命令下對國家構成威脅、一般通稱的敵國人(enemy

aliens）呢？所有的日裔，包括第一代的日本移民／外國人（いっせい，一世）與第二代的日裔美國人（にせい，二世），黃種人的他們都是敵國人，即便二代已經成為美國公民。德裔與義大利裔被送到集中營的則是相對少數。在西岸，共計有十一萬二千七百位日本人和約一至兩萬的德裔與義大利裔被送入集中營。東岸則有一到兩萬的德裔與義大利裔被送入集中營。「形象良好」的美國北方鄰居加拿大也沒好到哪裡去，早在一次大戰時就曾經設立監禁敵國人的集中營[7]，在二次大戰也用集中營監禁德國人／德裔、義大利人／義大利裔、日本人／日裔與尤太人。

要將哪些族裔的人送進集中營的政策選擇，除了政治、經濟、社會、外交等因素考量之外，種族的角色無可忽視。西岸指揮官德威特（John DeWitt）曾經公開宣稱，日本鬼子（Jap）就是日本鬼子，日本種族就是敵對種族，不論他是不是美國公民，他都是日本人。弔詭的是，同為黃種人、原先在一八八二年排華法（*Chinese Exclusion Act*）下被排斥歧視的中國人，忽然變成比日本人更「安全」的族群，因為他們不是敵國人，不需要被送進集中營。《天皇蒙塵》中描繪了日本人以「蒙混過關」（pass）為中國人作為避免汙名與歧視的自保策略，就正凸顯了這弔詭。

不過，日本人不一定選擇偽裝為中國人，蒙混也不一定能過關。是松豐三郎（Fred Korematsu）就是個例子。[8] 一九一九年出生於美國加州奧克蘭的他，父母是日本移民，他在四個男孩中排行老三。他曾想參加國民兵，但因為身為日裔而被拒。他去船廠工作，也曾因身為日本人而被開除。在第九〇六六號總統命令發布之後，時年二十三歲的是松沒有選擇服從。他做了眼部整形手術，想讓自己看起來比較不像日本人，又把名字改成克萊德．撒拉（Clyde Sarah），聲稱自己是西班牙與夏威夷裔。然而，他的整形與易名策略沒有成功，還是在一九四二年五月三十日被逮補了，且進了舊金山的拘留所。在獄中，美國民權聯盟（American Civil Rights Union）的加州分部主任畢西格（Ernest Besig）來拜訪他，問他是否有興趣成為挑戰日裔集中營措施的個案。同年九月，是松被判違反第九〇六六號總統命令，緩刑五年。[9]最後，他和家人一起被送進《天皇蒙塵》所述說的集中營：位在猶他州的托帕茲集中營。

是松沒有選擇向「命運」低頭，他一路上訴到美國聯邦最高法院。有此勇氣上法院挑戰政府的日裔，不只他一人。在是松之前，華盛頓大學的學生平林高登（Gordon Kiyoshi Hirabayashi）因違反宵禁與集中營令被判有罪，也一路上訴到美國聯邦最高法院，主張羅斯福總統的總統命令與宵禁令違憲。一九四三年，美國聯邦最高法院以全體一致通過判決平林敗訴，認定宵禁是必要措施，而針對日裔的措施也有其道理，因為人們在戰時對入侵美國的敵國日本族裔有更高的危機感。[10]隔年十月，美國聯邦最高法院受理是松所提出的上訴，並旋即在十二月判決他敗訴。不過，相較於平林一案是全票無異議通過合憲，是松案是以六比三通過。法院的多數意見認為，拘禁日本人具有「軍事必要性」，而且並非基於種族。

相同與平等

是松案多數意見的主筆者布萊克（Hugo Black）大法官充分展現了白人男性法律菁英的精巧偽善。他先是說，針對特定嫌疑群體的措施，應該受到嚴格審查（strict scrutiny）[11]，限制特定種族公民權的措施就算可疑，但這不表示其一定違憲，有時可以用迫切的公共必要性來正當化這類限制措施，不過，種族對立絕對不能是理由。然而，他又接著說，是松之所必須被撤出軍事地區，並不是因為對他或他所屬種族的敵意，而是基於避免西岸被軍事入侵的必要性。換言之，這不是基於種族，而是基於國家安全。看起來似曾相識？沒錯，*Trump v. Hawaii*就重複了這樣的論證。

傑克遜（Robert Jackson）大法官則寫下措辭強烈的不同意見，而這份意見為*Trump v. Hawaii*中首席大法官羅伯茲（John Roberts）主筆的多數意見所引用，以支持其主張是松案是個錯誤的見解。傑克遜大法官說，是松沒有觸犯什麼一般的罪，他的罪過就是身在美國這個自己出生成長的國家，戰爭時的國安考量根本無法正當化這種措施，第九〇六六號總統命令是把種族主義合法化，違反憲法平等保障。他更說，多數意見以國安之名所建立的原則是一把「上膛的槍」（loaded weapon），當政府聲稱有迫切需要就可以拿來使用。

依據是松案，日裔被差別對待了，但差別對待有理。此乃亞里斯多德平等公式「等者等之，不等者不等之」的後半段，也是形式平等的「精髓」所在。這公式有沒有道理？女性主義法學者凱薩琳．麥金儂（Catharine A. MacKinnon）是此種平等理論最堅決的反對者之一。在一九八九年加拿大最高法院首次採實質平等理論的案件[12]，麥金儂和加拿大女性主義法律倡議組織ＬＥＡＦ共同提出訴訟參加的意見書（factum），她用種族之例來說明形式平等的類似性比較之荒謬：可以用來合理化希特勒的紐倫堡法（因為所有的尤太人都被相同對待），也可以用來合理化美國的種族隔離（因為所有的黑人都被相同對待）。[13]她主張，相同與否的比較不應該是平等與否的判準，判斷是否存在有權力關係的上下階層制（hierarchy）才是審查不平等的關鍵，因為在比較相同與否時往往是以優勢群體作為標準來衡量，從而弔詭地要求弱勢者必須能夠證明自己跟優勢者一樣，才能獲得平等。我們可以據此思考，二戰時在美國的日本人必須證明自己跟「其他美國人」一樣不構成國家安全的威脅。這算是平等嗎？問題的重點不在於是否存在有差別待遇，而在於將日本人視為次等公民的權力不對等關係。

順著麥金儂所批評的形式平等思考，我們也可以說，所有的日裔都被相同對待，甚且所有的敵國人民都被相同對待，並且也都跟所有被認為無害於國家安全的人差別對待。[14]關於所有的敵國人都被相同對待，《天皇蒙塵》中就有這樣的幾個場景。孩子在集中營中覺得到處都看到父親，而當他出聲叫父親時，會有好幾個人回頭。是啊，所有的日本男人看起來都一樣！集中營裡的父親們，也都聽到孩子的呼喚。

然而這些「被相同對待」的人其實是不同的。集中營裡德語、日語、英語、法語的共存讓人莞爾。男人用德文夾雜英文唱起「再會了，心愛的，再會了」（Auf wiederseh'n, sweetheart, auf wiederseh'n），旁邊有人說「講さようなら就好了」，有人用法語說晚安（Bon soir），還有人用英文說「拜託閉嘴，拜託！」（please shut up, please）。

還有一幕是男孩母親遇見以前的管家上野太太。上野太太堅持要幫男孩母親提水桶，怕她又傷到腰。男孩母親跟上野太太說，「在這裡，我們大家都是平等的」（here we're all equals）。多妙的一句話。在集中營，大家都是平等的。因此，原本主人與管家的位階之分沒了。大家都是平等的，因此，不論社會階級與國籍，不論是主人或管家、是日本移民或日裔美國人，所有的日裔通通進了集中營。美國確實是個平等之地。

是松豐三郎的第二次法院之旅

二次大戰結束之後，一九四六年六月二十六日的第九七四二號總統命令關閉了「安置中心」。《天皇蒙塵》中的一家人獲得釋放返回家中，被凌虐不堪的父親也回來了，從此開始集中營後的「新生活」。從集中營被釋放的是松豐三郎則走上不一樣的旅程，成為一個人權鬥士。他始終堅持自己無罪，但一直要到一九八三年，他的陳年舊案才重見曙光。在此之前，美國聯邦政府已經逐漸開始承認二次大戰的日本人集中營的錯誤。一九七六年，福特總統廢除了第九〇六六號總統命令，表示「我們現在知道我們當時就該知道的事：撤離是錯的，而且日裔美國人是忠誠的美國人」。在加州與夏威夷州議員的努力下，一九八〇年卡特總統指派「戰時安置與拘禁平民委員會」(The Commission on Wartime Relocation and Internment of Civilians)進行調查，一九八三年該委員會作成的結論是：日本人集中營乃是基於種族偏見、戰爭恐慌與領導失能。就在同一年，加州大學聖地牙哥分校的政治學教授艾朗（Peter Irons）和研究者吉永愛子（Aiko Herzig-Yoshinaga）在進行政府檔案研究時發現一批司法部檔案，包括一九四三到一九四四年間的司法部備忘錄，其中記載著當時美國聯邦政府包括ＦＢＩ在內的情報單位都否認日裔美國人有犯什麼錯，認為無法用軍事必要性來合理化監禁日裔。但是這批資料在當年卻被刻意隱瞞，沒有提出給聯邦最高法院。因此，事情並不是像福特總統所言「現在才知道當時應該知道的事」，當時其實已經知道了。

一九八三年，義務律師團協助是松重啟案件，在位於舊金山的聯邦北加州地區法院起訴。舊金山正是是松當年被捕之後曾待過的拘留所所在。在訴訟過程中，司法部曾經提出以特赦來交換撤回訴訟的提議。是松的配偶凱撒琳（Kathryn Korematsu）說，是松從來無意尋求特赦，相反的，他總認為是政府應該請求他和其他被監禁的日裔美國人原諒。熟悉臺灣轉型正義的朋友，對這樣的一段話應有似曾相識之感。最後，美國政府選擇向法院表示，要撤銷當年的起訴。

同年十一月，聯邦地區法院法官瑪莉蓮．帕特爾（Marilyn Hall Patel）判決是松無罪。帕特爾法官表示，聯邦政府無權撤回對當年的起訴，但因聯邦政府在二戰的不當作為以及聯邦政府對此案件的態度相當於認錯，是松的有罪判決應被撤銷，以平反不正義。[15]律師南戴爾（Dale Minami）和是松都沒把這個案件當成只是為是松個人平反。律師請求法官同意讓是松發言。在擠滿人的法庭上，是松豐三郎起身，以溫和而堅定的語氣說：

> 庭上，我到現在還記得四十年前，我在舊金山像罪犯一樣被用手銬銬起來逮捕……身為美國公民，遭受這樣的侮辱，就像所有日裔美國人在集中營遭受了相同的侮辱，我們一輩子都無法忘記這樣的事件。……根據（聯邦）最高法院對我的判決，當個美國人還不夠，你得看起來像個美國人，否則他們會說，

我們分不清楚忠誠和不忠誠的美國人的差別。我認為最高法院是錯的，我始終這麼認為。只要我的案例還在聯邦法院是有效的，任何美國人如果被認為是國家的敵人，都可以不經審判或聽證就被送進監獄或集中營。因此，我希望政府承認他們當初錯了，而且要做出彌補來讓這件事不再發生於任何種族、血統或顏色的美國人身上。[16]

然而，帕特爾法官特別表示，她無法推翻聯邦最高法院的判決。這是事理之然：聯邦地區法院無法推翻上級法院的判決。不過，帕特爾法官也說，即便是松案仍是有效的先例，但該案的事實已經被推翻。她在日後回憶說，是松案是大家在法學院都會讀到的案例，但怎麼也沒想到自己會有機會審理這個案子。[17]在宣判後的記者會，是松和律師召開記者會，他說自己很高興，因為這起訴訟不只是為日裔美國人，而且是為了所有類似處境的美國人。日後，他說希望自己已逝的父母知道他贏了訴訟。

是松繼續為自己和他人在二戰集中營所遭遇的不正義而戰，包括成功游說立法與要求官方致歉，以及到各地演說。一九八八年，雷根總統簽署了國會通過的《一九八八年公民自由法》（*the Civil Liberties Act of 1988*），所有集中營的倖存者每人補償兩萬美金，並且正式向所有受難者道歉。一九九八年，柯林頓總統頒給是松總統自由獎章，並且在致詞時說，「在我國追求正義的長途上，有一些常民的名字代表了成千上萬人的心靈：普萊西（Plessy）[18]、布朗（Brown）[19]、帕克斯（Parks）。[20]今天，我們在這傑出的名單上加上是松豐三郎的名字。」歐巴馬總統則在二〇一二年將同樣的獎章頒給當年和是松一樣勇敢挺身而出在法庭對抗、但也同樣敗陣的平林。是松也為其他被以國安之名侵奪人權的人們而戰，包括被關押在關塔那摩灣的穆斯林囚犯，直到他在二〇〇五年以八十六歲的高齡逝世。在他死後，他的女兒以他的名字成立了研究中心，西雅圖大學法學院設有以他命名的研究中心，紐約大學設立以他為名的系列演講，夏威夷大學法學院也設立以他為名的講座教授。二〇一〇年，加州立法將每年的一月三十日（是松的生日）定為「民權與憲法的是松日」（Fred Korematsu Day of Civil Liberties and the Constitution）。

至今，是松推翻美國聯邦最高法院是松案判決的夢想仍無法完成。沒有類似的案件可以讓法院做出推翻先例的決定，雖然 *Trump v. Hawaii* 的多數意見已經表示是松案這個判決是錯的，但是松案的見解是否已失效仍有爭議。近年來的美國，在保守右翼的倡議與川普的唱和之下，原本不受公眾注意的批判種族理論（critical race theory）忽然受到前所未有的注目，成為川普領導下的美國政府禁止教育的思想，並且在川普下臺後持續受到保守派的誤解與抵制。是松案是批判種族理論中亞裔法學（Asian American Jurisprudence）不可或缺的一章。一本二〇二〇年出版的教科書《種族、權利與國家安全》（*Race, Rights, and National Security: Law and the Japanese American Incarceration*）就以是松案的前世今生來讓人們瞭解國安如何遂行種族壓迫，並批評*Trump v. Hawaii*是將「上膛的槍」再次補上彈藥。[21] 一本即將出版的重寫美國聯邦最高法院有關種族判決的專書《批判的種族判決》（*Critical Race Judgment: Rewritten US Court Opinions on Race and the Law*）[22]，也收錄了知名的亞裔法學學者羅伯特・張（Robert S. Chang）所重寫的是松案判決。是松和以他為名的判決，不只已成為美國法律史上記錄種族壓迫的重要一頁，並且揭示了當代美國「種族中立」、「無關種族」的偽善與傷害人權的悠久歷史。這裡人人皆平等。那是誰的平等、什麼意義的平等呢？

注釋

1 https://ag.hawaii.gov/wp-content/uploads/2017/01/News-Release-2017-28.pdf

2 當時，川普尚未開始他的家庭分隔政策（family separation policy），將被拘留的移民小孩與父母拆散分開監禁。

3 *Trump v. Hawaii*, 585 U.S. (2018).

4 *Korematsu v. United States*, 323 U.S. 214 (1944).

5 這裡特定指的是透過總統命令將特定種族監禁或禁止入境。將美國的二戰集中營稱為第一次的種族壓迫歷史悲劇，或許會讓人誤以為美國在此之前未曾有類似作為。希望讀者別有此誤會。美國的奴隸莊園、將原住民孩童送入住宿學校的種族壓迫事蹟，都比二戰來得早。

6 全名為戰爭安置局安置中心（War Relocation Authority Relocation Centers）。

7 這是依據一九一四年制定的《聯邦戰爭措施法》（*War Measures Act*），一戰集中營裡有戰俘也有平民，烏克蘭人最多。二戰的集中營也是依據同一個法律而設立。

8 本文有關是松豐三郎的生平經歷，除非另有引注，否則主要參考由他女兒是松凱倫（Karen Korematsu）二〇〇九年創立的 Fred Korematsu Institute 的官網說明，網址 https://korematsuinstitute.org/freds-story/. 是松凱倫也在 *Trump v. Hawaii* 一案的法庭之友意見書上具名。

9 國會在第九〇六六號總統命令發布後，通過公法第五〇三號（Public Law 503），規定違反該總統命令者處以最高一年徒刑與五千元罰金。

10 *Hirabayashi v. United States*, 320 U.S. 81 (1943).

11 就此，美國聯邦最高法院建立往後採用的平等審查標準的最高階嚴格審查。日後再因為性別平等審查的發展而逐漸發展出現在人們所熟知的三階審查論：嚴格審查、中度審查與寬鬆（合理審查），成為典型的「反分類」（anti-classification）形式平等審查，亦即以相關法律爭議所涉及的分類屬性（種族、性別等）來決定審查標準。

12 *Andrews v. The Law Society of British Columbia*, 1 S.C. R. 143 (Can.)

13該意見書收錄於 Women's Legal Education and Action Fund, *Equality and the Charter: Ten Years of Feminist Advocacy before the Supreme Court of Canada* 3 (1996).

14近來就有研究者透過對日裔、德裔與義大利裔在美國二戰時集中營經驗的比較研究，主張美國選擇性地將敵對國家國民與敵國裔美國公民送入集中營的處置是對美國有利的務實決定，其實不分種族（regardless of race），但種族主義讓此決定看起來正當且必要。見John E. Schmitz, *Enemies among Us: The Relocation, Internment, and Repatriation of German, Italian, and Japanese Americans during the Second World War* (2021).

15這是指在已被宣判有罪確定並執行完畢之後認定原判決為誤審（coram nobis）。一些待過集中營的日裔在二戰後透過此途徑尋求司法救濟。

16開庭經過與是松的發言引自於 Lorraine K. Bannai, *Enduring Conviction: Fred Korematsu and His Quest for Justice* 183-184 (2015).

17同前注，頁一八六至一八七。

18指荷馬・普萊西（Homer Plessy），也就是挑戰火車上種族隔離措施的 *Plessy v. Ferguson*, 163 U.S. 537 (1896) 的案件原告。這個惡名昭彰的判例認定「隔離且平等」合憲。如果用血統來看的話，普萊西其實有八分之七的白人血統。

19指 *Brown v. Board of Education of Topeka*, 347 U.S. 483 (1954) 的原告當事人，亦即琳達・布朗（Linda Carol Brown）。她當年只有七歲，父親奧利佛・布朗（Oliver Brown）在她被拒絕入學之後提起訴訟。琳達在二〇一八年過世。必須注意的是，這個判決雖以布朗的訴訟為名，但其實整合了五個案件。

20指羅莎・帕克斯（Rosa Parks），也就是一九五五年在公車上拒絕讓座而被捕的民權鬥士。她在二〇〇五年過世」。

21 Eric K. Yamamoto, Lorraine Bannai, Margaret Chon, *Race, Rights, and National Security: Law and the Japanese American Incarceration* (3rd, 2020).

22 Bennet Capers, Devon Carbado, Robin Lenhardt & Angela Onwuachi-Willig eds, *Critical Race Judgment: Rewritten US Court Opinions on Race and the Law* (2022 forthcoming).

見證的詩意——如何書寫集中營

莊瑞琳

起初，大塚茱麗是想當畫家的。但就在習畫之途遇到瓶頸後，她在空白的那幾年每天上咖啡館讀書，一邊打零工，萌生寫小說的念頭。於是她不僅重新去學校讀書，報名創意寫作課程，畢業作品還寫了她從沒想過會觸碰的戰爭題材。那是她母親與外祖父母的家族史，而其時她母親已有了初期失智症的症狀。這個畢業作品有一部分後來發展成《天皇蒙塵》的前兩章。《天皇蒙塵》在二〇〇二年出版後，大塚茱麗就以她充滿實驗性、如詩的語言備受矚目。

大塚茱麗是所謂的日裔美國人，她的父親是第一代日本移民（稱為一世），母親是第二代日裔美國人（稱為二世），大塚這代已經不會日語。對於母親一家四口一九四二至一九四五年在集中營的遭遇，大塚曾言母親在她小時偶爾提及「camp」，她還以為是夏令營。有意思的是，書寫猶太人集中營經驗的義大利文學家普利摩．李維（Primo Levi），在短篇創作集《週期表》也以隱晦的「營」字描繪無法描繪的集中營世界。

一九四一年十二月七日珍珠港事件爆發，隔年四月起，美國西岸超過十一萬名日裔人士以國家安全之名被陸續「撤離」到各安置中心、拘留營。大塚茱麗當時十歲的母親、八歲的舅舅，就跟著他們的母親一路從舊金山坦夫蘭賽馬場安置中心，遷移至猶他州的沙漠集中營托帕茲。而他們的父親則早在珍珠港事件當月，就被聯邦調查局從家裡逮捕，以有間諜之嫌拘禁。這就是小說《天皇蒙塵》緣起的背景。大塚母親其後對集中營的緘默並不特殊，許多國家的集中營或白色恐怖的受害家庭，甚至經歷過戒嚴體制的一代，在新的時代中都有「無法說」、「不能說」

的現象。

必須讓緘默發出聲響，或許正是政治受難相關書寫經常具有詩意的原因。如果不如此解讀，我們將無法真正理解大塚茱麗，或者也將無法理解普利摩・李維、荷塔・慕勒（Herta Müller），甚至是郭松棻、蔡德本與蔡烈光的作品。[1]他們的詩性起源不是來自文學系譜，而是對緘默的反擊。受難經驗無法言說的特質，一旦必須動用語言加以描述，意象與感受性本質上跟詩的原創性困難是很接近的。因此，詩意在政治受難的書寫，恐怕是一種必然。

而每個受難經驗往往皆獨一無二。比如饑餓或口渴，是集中營或監禁常見的主題，但這些身體經驗在每個作品都發展成奇特的文學性。《天皇蒙塵》的主角們被迫前往的集中營，置身於美國西部內陸的沙漠，貫穿全書的身體感就是「渴」，以及沙塵。男孩在床上無法入睡，「渴望有冰塊，一瓣柳橙，一顆石頭，一個物品，任何物品都好，讓他吸吮，讓他解渴。」沙塵暴時，晚上睡覺必須用溼手帕蓋住嘴巴，但早上醒來時，「溼手帕已經變乾，他口中都是粉筆的沙石味。」而他想像父親回來時，也是記得要倒一杯水給他。

在《週期表》我們則看到李維描述，「我們不正常，因為我們饑餓。……那是一種已附身一年的欲求，深入骨髓……」「營」裡的人們，在睡夢中時大動下顎，他們在「夢吃」。這樣的饑餓更成為慕勒《呼吸鞦韆》描述的天使，每個人在集中營都有自己專屬的饑餓天使，祂掌管著天平，認為你還不夠輕，這個天平像是令人呼吸都暈眩的鞦韆，「我會輕得跟我省下來的麵包一模一樣」，「如果饑餓天使想要來秤我的話，我會騙過祂的天平。」

阿多諾曾有名言，「在奧許維茲之後，寫詩是野蠻的。」但李維說，「我的經驗正好相反……我覺得詩比散文更適合表達我內心的沉痛。我說的詩，跟抒情一點關係也沒有……如果可以，我想把阿多諾那句話改一下：在奧許維茲集中營後再也不能寫詩，除非寫的是奧許維茲。」

只有詩才適合表達的沉痛，之所以如此書寫困難或難以言說的原因，並不在於它的恐怖，而在它的日常，甚至是「合法」。這也使這些經驗在現實中遭遇理解障礙，社會沒有能力討論，經常造成倫理當機的情況。義大利哲學家阿岡本在《神聖人》就說，現在要問的不是這個偽善的問題：「怎麼能對人施加如此殘暴之罪行？」因為如果只是祭出人權共識的話，每個國家的轉型正義問題會容易得多。不僅受難者會立刻得到補償、道歉，加害者或體制也會被究責。但顯然不是如此。

《天皇蒙塵》當中很精采的〈陌生人的後院〉，大塚茱麗處理的正是受難家庭返回社會的過程。他們回來後，發現鄰居或同學對他們視而不見，或者只是輕輕帶過，彷彿他們不曾離開。社會仍舊正常運作，沒人在意他們的父親變成廢人，無人想知道他們在沙漠中發生了什麼（連他們自己也想忘記）。這些經驗蒸發了。換言之，他們的經驗不是「受難」，而是體制尋常的一部分。

阿岡本對此的解讀是，這種從十九世紀中葉出現的集中營或政治犯現象，正是例外狀態的常規化。原本國家以安全之名，以保護大多數人自由之名，對特定群體所進行的「保護性拘留」，需要懸置憲法或一般法律對人權的保障，才得以遂行。這使得集中營成為一個常規與例外、非法與合法再也無法區分的空間。進入集中營的人被社會排除，被剝奪國籍、身分，成為裸命，於是他們被如何對待都是可能的，「對他們實施的任何行動都不再顯現為一種犯罪」，最極端的就是殺人。

我們會發現，在所有這些作品中，「合不合法」是一個無法去問、也不用再問的問題。所有的人物只是活著，以及經歷一切。這些事件發生時，不僅沒有不被容許，也沒有不被原諒，正是因為集中營如此「正常」。所以即便蓋世太保狄爾斯宣稱，集中營「沒有作為制度專門地被創建，而是某一天，它們就直接在那裡了」，也不會讓人們質疑。正如《天皇蒙塵》當中那些草率興建的大型安置中心、拘留營，突然就出現了一樣，而所有的日裔人士也集體消失了，並沒有使社會震驚到無法運作。

阿岡本在最後寫道，「哪裡有一個大寫的人民，哪裡就會有赤裸生命。」這提醒了我們，書寫這些裸命日常的作品，仍舊如此重要，除了更加靠近那不可言說的，更使我們警醒於體制本身的恐怖，而且我們總有責任思考這一切，因為我們並不總是安全的。

注釋

1 此處指的是收錄在《讓過去成為此刻：臺灣白色恐怖小說選》中的郭松棻作品〈月印〉，以及收錄在《靈魂與灰燼：臺灣白色恐怖散文選》中的蔡德本作品《蕃薯仔哀歌》節選，以及蔡烈光《陳年往事話朱家》節選。

讓時間慢下來——訪談大塚茱麗

莊瑞琳：從訪談得知，妳在走向小說創作之前，與繪畫創作有很多年的掙扎與拉扯關係，在耶魯大學修習的是藝術，到中西大學研究所讀的仍是繪畫創作，但三個月後就放棄，幾個月後妳到紐約，仍舊難忘情於繪畫，因此到一間藝術學校就讀，但兩年後再度撞牆，在陷入低潮後就此放棄。曾有三年時間每天早上散步，下午至附近的咖啡店讀書，因此開始萌生寫作的念頭，並至哥倫比亞大學的創作寫作課程拿到碩士學位，當時畢業論文寫的兩章內容，後來發展成二〇〇二年出版的《天皇蒙塵》。想請問的是，在許多寫作的路徑中，為什麼選擇的是小說？而不是詩或散文，甚至是非虛構寫作？小說這個文類對妳而言有何特殊意義？

大塚茱麗：小說對我而言確實很特殊。我覺得小說很原始，而且很迷人；歸根究柢，也許是因為我們的祖先圍著營火說故事，而我的大腦似乎天生就想要和他們一樣。我向來喜歡創作——無論是用手（繪畫、雕塑）或用文字（故事）。創作是讓我思緒迸發、彷若神經元放電的要素。就算我嘗試寫非虛構文類，最後也經常寫成小說，因為我發現自己在過程中不斷修飾文字與杜撰情節。所以不寫小說的時候，我喜歡做什麼？答案就是讀小說。沉溺在好故事當中無法自拔是最愉快不過的事了。

莊：妳一直都是在The Hungarian Pastry Shop讀書寫字嗎？後來發現我很喜歡的作家塔納哈希．科茨（Ta-Nehisi Coates）也是在這家咖啡店寫作。這是家什麼樣的咖啡店？那意味著妳還是用筆寫作，而不是直接在電腦上打字？

大塚：塔納哈希跟我是朋友！我很喜愛他的作品，他的文筆有如歌唱一般，流露出美妙的韻律。我們多年前就在這家咖啡店認識的。這家店是寫作者的好去處，原因如下：一、不放音樂（有助於專心思考）。二、不提供電源插座（也就是不方便使用筆電，所以只有人與書稿，中間沒有螢幕）。三、可以無限續杯咖啡（寫作者的燃料）。此外，店裡有一種特別的氛圍。很多富有創意的人都會去那裡——作曲家、編劇、小說家、數學家、歷史學家、哲學家、詩人。我很喜歡與他們的「能量」為伍。我獨自一人，卻不孤單。那裡的每個人都在埋首進行自己獨有的計畫。我從不帶筆電去那家店。通常我都會帶最新版的紙本書稿，仔細閱讀並手寫批注。如果要寫新的情節，我會用鉛筆寫在紙上，回家後再打字存檔。

莊：妳曾提過，書寫跟戰爭有關的事情，一直到很晚才浮現，在成長時期，母親偶爾會提起集中營歲月的片段。等到妳開始著手寫作時，母親已經有初期失智症的問題。妳寫作時如何越過這些歷史記憶的空白，掌握細節？妳還記得第一次知道這個家族記憶的感受嗎？是否還有恐懼留在妳的家族裡？

不同於《閣樓裡的佛》，有大量口述歷史與研究為基礎，《天皇蒙塵》有更多家族史的部分，妳如何去回溯家族的經歷？妳曾在《新聞週刊》（*Newsweek*）寫道，是在《天皇蒙塵》出版後才前往托帕茲沙漠看集中營遺跡，因為在這之前妳一直抗拒去看這些地點，如果重新再來，妳是否會在寫小說的過程中先去走訪這些地方？

大塚：我是先把我在家母罹患失智症前從她那裡聽到的零碎片段寫出來，再運用我自己收集的資料去填補每個片段之間的空白。我從許多資料來源得到極大的幫助，像是日裔美籍人士的口述史，以及關於集中營的歷史記述。此外我認為多羅西亞·蘭恩（Dorothea Lange）拍攝的照片和集中營流出的畫作格外有用，因為我是很視覺性思考的人。

我其實不記得初次得知家族曾有這種經歷時的感受。某種程度上，我小時候知道這件事，但不是真的理解。家母偶爾會對我提起「營區」，所以我知道她在那個地方住過，但是我一直以為她說的是夏令營。沙地、陽光、排隊領取飯菜，夏令營的要素都湊齊了。等到我稍微大一點，才明白她說的是戰俘營。不過我無法明確指出我恍然大悟的時間點。

我家人對這段經歷感受到的不是恐懼——我們都認為不會再遇到這種事了——而是哀傷。為逝去的那些年、枉費的那些生命、破碎的那些家庭感到哀傷。

一九八〇年代晚期某天，我們找到一盒我外祖父在二戰頭一年間寫給妻子和小孩的信。盒子放在我外祖母家的壁爐裡——她打算在搬出那棟房子時把信燒掉。我外祖父當時被聯邦調查局逮捕並先後囚禁在好幾間不同的「危險敵國人」集中營。他寫的信讓我得以穿越時空，逐字逐句地追尋部分家族歷史的軌跡。那些信經過美國政府審查，所以必定有很多話沒有寫出來，但是助益仍然很大。

我本來就想等到寫完《天皇蒙塵》再造訪托帕茲。我需要先在腦中憑著想像，一磚一瓦、一點一滴地將集中營建構起來。然而我終於造訪托帕茲的時候，感覺跟我想像中很相近，所以我知道我對那裡的認知很準確。

莊：妳曾經想過把讀過的材料寫成非虛構的書嗎？同樣的材料用虛構或非虛構書寫，可能會是全然不同的作品。妳如何看待歷史真實與虛構之間的張力，尤其妳的兩本作品都奠基於大量歷史細節。

大塚：我從未想過要寫非虛構的書。我認為虛構的故事能以一種歷史描述做不到的方式，讓時間慢下來。虛構的故事能讓讀者體會活在歷史中的某個特定時刻，會是什麼感受。

但是若要撰寫與歷史相關的虛構故事，就必須做好研究，清楚理解史實，否則會有讀者發現錯誤，那麼這個故事的「魔法」就破滅了。我的方法是研讀大量史實，讓自己有信心能把故事說好。但是我真的開始寫作時，只會通篇略微提及這些史實，讓讀者有一種「身在其境」的感覺。我不想在小說裡加上太多事實，我只是運用事實去創造出時間與地點的氛圍。

我的焦點主要是在書中角色的心理狀態上。

莊：從《天皇蒙塵》到《閣樓裡的佛》，「疊加」似乎是妳寫作的特色，某種程度上也是繪畫一般的技法。在《天皇蒙塵》，從逐步展開的母親、女兒、兒子到父親的視角，除了經歷一段拘禁的過程，也在這種視角的疊加中，將當時的時空情境立體化。到《閣樓裡的佛》則是用疊加出來的「我們」，代表受害的每一個人，這種一為多，多為一的彈性視角，相當成功地創造了每一個人物的獨特性與普遍性。妳是怎麼發展出每個作品的敘事與腔調？

大塚：在《閣樓裡的佛》使用「我們」來表達，讓我說出來的故事遠比只用一個角色來描述還要全面得多。讀者是透過累加的故事與心聲來瞭解整體狀況，這確實和繪畫很相似。我以前畫畫時，都會先在畫布上勾勒出場景的草稿，然後慢慢帶出細節，直到一切都變得清晰。沒有哪個細節比其他的細節重要，正如沒有哪個女性的故事比任何其他女性的故事更重要。

莊：在這兩本作品中，有比重相當重的女性描述，尤其《閣樓裡的佛》幾乎是以女性為中心的小說，妳是否特別著重於女性處境的思考？《天皇蒙塵》裡除了女性還有孩子的眼光，似乎都刻意挑選了歷史中少數族裔裡的弱勢者，讓他們發聲。

大塚：我對女性的心聲很感興趣，也很關心少數族群的想法，我們不常聽到他們的聲音。會這樣是因為這些聲音在「官方」的歷史描述中經常被忽略。歷史絕大部分由男性書寫（在美國是白人男性），描述的對象也是男性（白人男性），彷彿歷史只有在白人身上發生過。不過現在情況變了很多，我們終於也開始傾聽那些一直以來被邊緣化的族群有過哪些遭遇了。

莊：《天皇蒙塵》有個特殊而強烈的結尾。原本在前面的書信往來當中非常平靜的父親，突然轉為憤怒。對讀者很具震撼力。事實上，《閣樓裡的佛》的最後一章也有同樣的效果，當所有的日本人都消失之後。這似乎是一種對壓迫的反擊。妳為什麼會在作品做這樣的安排？

大塚：我喜歡在我的書末尾安排出人意料的轉折。《天皇蒙塵》的前面幾章看似沉穩，但讀者可以感覺到備受壓抑的情感在表面下起伏。到了最後一章，那份壓抑的情感終於爆發，能讓人感到滿足，也覺得合適。

在《閣樓裡的佛》的最後一章，我要探討白人城鎮的居民在所有日裔鄰居都被送走後，會有什麼感受。《天皇蒙塵》進行巡迴宣傳時，我遇到很多經歷過二戰時期的白人說「我都不知道有那回事」。我心想，真的嗎？他們怎麼可能會不知道？我在最後一章就是想要——也需要——回答這個問題。

莊：雖然妳曾經提到，從小家裡都是說英文，自己已經是不會日文的一代，也很少回到日本的親戚家。不知道是否能談談妳個人在成長過程中，作為在美國出生長大的日裔美國人，是否依然感受到身分上的偏見與困境？日本小說家山崎豐子曾有一本書《兩個祖國》，同樣描述二戰時日裔美國人的特殊處境，就妳的觀察，對你們這代或更年輕的日裔美國人來說，還會有兩個祖國的問題嗎？

大塚：我不認為我這一代或者更年輕的世代覺得自己處在「兩個祖國」的狀態下。

我這一代（移民第三代）是不折不扣的美國人。我們在這裡出生，我們的父母也是；我們不會說日語（因為父母不希望我們學日語），而且很多人沒有去過日本。我們認知的國家僅有美國。日裔美國人與其他人種通婚的比例也非常高，所以我們同化得很快。

我小時候——很小，那時候是一九六〇年代，我還在上小學——常因為外貌和別人不同而被取笑。一九六〇年時，美國的亞裔人口還不到一百萬，所以我在一個很「白」的美國長大。但是隨著我年歲漸長，情況也有所改變。外表和我相似的人一年比一年多。現在美國的亞裔人口已經超過兩千三百萬了，亞洲人占了全美人口的百分之七，也是增長最快的族群。成年後我不太有被歧視的感覺，唯獨這個國家的亞裔女性經常被異國化和過度性慾化（hypersexualized）這點除外。但是我沒有被別人公開冒犯過。

但是現在的感覺就不同了，因為前總統川普的「中國病毒」、「功夫流感」等言論激起了針對亞裔美國人的仇恨攻擊。反亞裔情結一直都有——然而都是默默地存在於表象下，直到現在。川普突然默許人民公開發洩他們對亞裔人士的仇恨。目前我已經不再搭乘地鐵——不是因為新冠肺炎，而是要避免遇襲。

莊：關於美國官方與社會輿論如何看到過去這段日裔美國人監禁的歷史，如果接觸過美國的法律史，一定會知道是松豐三郎的訴訟案，是松先生曾因拒絕到集中營被判刑，奮鬥了四十年才終於獲得名譽恢復，雖然在聯邦最高法院的判決仍然沒有被撤銷。而美國政府也在一九八八年雷根總統期間，以每人兩萬美金補償被拘禁過的日裔美國人。妳如何看待這個議題在美國的發展，覺得美國官方與社會是否已有足夠的反省？

大塚：是松案是全美國法學院的教材，但是一般美國人並不知道是松豐三郎這個人，很多人甚至對日裔美國人在二戰期間的遭遇一無所知。許多美國史的書籍都沒有提及這段歷史，如果有的話也只用一兩句話帶過，頂多一段。我會知道是因為我到全國各地與年輕人對話，而很多年輕人說他們是讀了我的小說才知道那些集中營的事。

我認為我們這個社會並沒有從過去學到教訓。我們對歷史的無知相當可怕。很多人不知道美國南方實行《吉姆．克勞法》期間對黑人動私刑的事、美洲原住民遭到奴役的事、日裔美國人遭到監禁的事，還有一八八二年之後中國人遭到禁止進入美國的事。很多「隱藏的歷史」都沒有人教。不過由於去年喬治．佛洛伊德遇害，以及疫情期間亞裔人士遭到攻擊，情況開始變了。歷史論述開始有了新的框架。

莊：《天皇蒙塵》被四十五家大學指定為新鮮人讀物，我很好奇美國市場與讀者如何閱讀妳的作品，以及妳的作品在國際市場的狀況，比如《閣樓裡的佛》在法國就被改編成舞臺劇。這些書在日本的情況又如何呢？

大塚：美國這邊對《天皇蒙塵》的反應極度正面。原本不知道日裔美國人遭監禁一事的學生會問為什麼沒有人教他們這段歷史。他們似乎也渴望知道更多。法國有很多人關注我的作品，《閣樓裡的佛》在那裡是暢銷書，在義大利和德國也很受歡迎。不過德國那邊一開始對《天皇蒙塵》沒有興趣，這讓我很驚訝。猶太人與日裔美國人在二戰期間的遭遇顯然很類似，所以我以為德國一定會是最關注《天皇蒙塵》的國家，但是這本書一直到二〇一九年才在德國出版，出版社還是瑞士的。至於日本，我原本也以為自己的作品會有很多人關注，但是有興趣的人並不多。所以哪些國家對你的書有興趣，哪些國家不會，根本就不可能猜得到！

莊：妳曾經提到第三本作品可能會跳脫歷史題材，轉向一個關於失智症與游泳的故事，不知道是否能向期盼已久的讀者透露一些，目前正在工作的新書內容呢？

大塚：是的，我的第三本書剛完成定稿了！預計二〇二二年二月由克諾夫（Knopf）出版，書名是《泳客》（*The Swimmers*，暫譯）。這本小說和我的頭兩本迥然不同——比方說，前半部的地點設定在一個游泳池裡——故事年代也和現在比較接近。不過這本書也用一種意想不到的方式，成為我「三部曲」作品中的第三部。第一部就是《閣樓裡的佛》。游泳池的其中一名泳客是罹患失智症的日裔美籍女性，童年時期曾遭到監禁。

（向淑容譯）

春山文藝 021

天皇蒙塵

When the Emperor Was Divine

作者　大塚茱麗 Julie Otsuka
譯者　向淑容
總編輯　莊瑞琳
協力編輯　夏君佩
行銷企畫　甘彩蓉
封面設計　王小美
內頁排版　張瑜卿

出版　春山出版有限公司
地址　116臺北市文山區羅斯福路六段297號10樓
電話　(02) 2931-8171
傳真　(02) 8663-8233

總經銷　時報文化出版企業股份有限公司
地址　桃園市龜山區萬壽路二段351號
電話　(02) 2906-6842

製版　瑞豐電腦製版印刷股份有限公司
初版　2021年8月
定價　360元

國家圖書館出版品預行編目（CIP）資料

天皇蒙塵／大塚茱麗（Julie Otsuka）著；向淑容譯
一初版．一臺北市：春山出版有限公司，2021.08
一面；公分．一（春山文藝；21）
譯自：When the emperor was divine : a novel
ISBN 978-986-06706-5-3（平裝）

874.57　　110011364

春山出版　填寫本書線上回函

EMAIL SpringHillPublishing@gmail.com
FACEBOOK www.facebook.com/springhillpublishing/

這張照片攝於1942年4月29日，於舊金山南邊的聖布魯諾坦夫蘭賽馬場。大塚茱麗的外祖母、媽媽與舅舅恰好被攝影師多羅西亞・蘭恩拍到他們抵達的一幕。外祖母野坂豐子似乎在詢問什麼，八歲的舅舅幫她拿著手提包，背著水壺。至於大塚茱麗的媽媽則剛好轉過頭去，只露出頭髮與一點點臉頰。就在他們抵達的前兩天，賽馬場才剛改裝成安置中心。（Dorothea Lange攝，1942年4月29日）

1941年12月7日珍珠港事件後，美國隔年開始針對西岸的日裔進行撤離。圖為1942年4月1日由西岸指揮官德威特在舊金山發布的撤離告示，上頭規定可攜帶的行李，戰時民事監督局的開放時間，以及預備於4月7日中午撤離。（Dorothea Lange攝，1942年4月11日）

珍珠港事件後，加州奧克蘭一家雜貨店外面放上大大的「我是美國人」招牌。雜貨店老闆是加州大學的研究生，也因為收到撤離通知必須關店。（Dorothea Lange攝，1942年3月13日）

日裔家庭群像

美國西岸有不少日裔家庭務農。圖為住在加州沙加緬度弗羅林的二十三歲日裔年輕人，在媽媽的草莓園幫忙。他在1941年7月自願從軍，趁休假回老家幫忙準備撤離的事情。他五十三歲的母親三十七年前從日本來美國，丈夫死後一人帶大六個孩子。（Dorothea Lange 攝，1942年5月11日）

加州海沃德持田一家人，正在等巴士載走他們。每個人身上已配戴識別證。持田家經營苗圃，擁有五個溫室，主要栽種的是金魚草與豌豆花。（Dorothea Lange 攝，1942年5月8日）

加州伍德蘭的戰時民事監督局，當時在西岸到處都有這樣的臨時辦事處，協助撤離事務。（Dorothea Lange攝，1942年5月20日）

加州舊金山日裔民眾在看到撤離通知後，開始到戰時民事監督局排隊，由於是分區撤離，這一批人是第二十號撤離令。（Dorothea Lange攝，1942年4月25日）

坦夫蘭賽馬場安置中心

小說中，主角一家人是以大塚茱麗的家族為原型，他們在前往猶他州托帕茲集中營前，先是被送到舊金山南邊的坦夫蘭賽馬場安置中心，並在這裡待了幾個月。他們就住在由這樣的畜欄改裝的房間中。（Dorothea Lange 攝，1942 年 4 月 29 日）

坦夫蘭總共有十八個公共食堂，每天總共需要供給八千人三餐，餐食的準備與服務工作都由這些被撤離者擔任。每天三餐是安置中心的重要大事。（Dorothea Lange 攝，1942 年 6 月 16 日）

猶他州的托帕茲集中營位於沙漠地帶，成排的黑色營房坐落在滿天沙塵中。（Francis Leroy Stewart攝，1943年3月14日）

托帕茲集中營的水塔，是這些被拘禁者的用水來源。（Francis Leroy Stewart攝，1943年3月11日）

托帕茲集中營農場養的豬。據說在日裔人士的良好技術與悉心照料下，死亡率遠低於全美平均。（Francis Leroy Stewart攝，1943年3月16日）

在托帕茲集中營上地理課的男孩，讓人想起小說中的男孩。（Francis Leroy Stewart攝，1943年3月12日）

日裔美國人爭取轉型正義的過程中，是松豐三郎是最有名的案例之一。是松因拒絕撤離遭判刑，後緩刑五年，是松一家人後來也被送到托帕茲。是松不服判決不斷上訴到聯邦最高法院，還是敗訴，一直到1983年才重啟案件，並獲得地區法院撤銷原判決。圖為1983年勝訴後的記者會，中坐者為是松，左為律師南戴爾，右為加州大學聖地牙哥分校的教授艾朗。（Wikimedia Commons）

1988年雷根簽署《公民自由法》，集中營的倖存者每人獲兩萬美元賠償。實際開始支付是1990年10月老布希執政時期，最終有82219人拿到補償金。